AF483941

حكايات القبو

تامر إبراهيم

حكايات القبو

الكرمة

لمزيد من المعلومات عن الكرمة للنشر والتوزيع: www.facebook.com/alkarmabooks

إبراهيم، تامر.

حكايات القبو / تامر إبراهيم – القاهرة: الكرمة للنشر والتوزيع، ٢٠١٦.

٢٣٢ ص؛ ٢٠ سم.

تدمك: 9789776467453

١ – القصص العربية القصيرة.

أ – العنوان.

رقم الإيداع بدار الكتب المصرية: ٢٧٢١٠ / ٢٠١٥

٢٤٦٨١٠٩٧٥٣١

تصميم الغلاف: أحمد مراد

المحتويات

إنهم هنا

بغتة، انتفض مُستيقظًا ليحدق فيمن حوله ذاهلًا.

قمرة القيادة.. السفينة.. المحيط.. زجاجات الخمر.. الرحلة البحرية.. الطاقم...

أفكار أخذت تنبعث من ذاكرته مفعمة بعبق الخمر، التي تناثرت زجاجاتها حوله، فحدق فيها لحظة مستعيدًا ذاكرته، ثم... الطاقم.. أين الطاقم؟ لماذا لا تتحرك السفينة؟!

أعادت إليه ثورته ذاكرته في لحظة، فهب واقفًا ليندفع خارج قمرة القيادة، صارخًا:

ـ هؤلاء الأوغاد لن يذوقوا طعم الطعام لأسبوع و...

وبتر عبارته ليحدق في سطح السفينة الخالي تمامًا قبل أن يقول:

ـ أين ذهب الجمع؟

أجابته الرياح التي هبت في وجهه، محملة برائحة البحر، لتنفض عنه دهشته، ولتعيد إليه ثورته، فانفجر بها صارخًا:

ـ أين أنتم أيها الأوغاد الحمقى؟

وبخطوات واسعة اتجه إلى السلم الذي يقود إلى الأسفل، حيث عنابر النوم، وقد عبثت شياطين الغضب بملامحه، وفي نبرة صوته التي خرجت هادرة إذ صاح:

ـ تنامون حتى الآن يا أبناء الملاعيـ...

وضرب باب العنبر بركلة عنيفة فتحته على مصراعيه، و... و... و...

واخترقت الرائحة الشنيعة أنفه لتجعله يبتلعها مع باقي جملته، فأغمض عينيه متراجعًا ثم فتحهما، و...

ـ هل أهذي؟

لكن الرائحة المخيفة التي تصاعدت من جثث طاقمه، والتي تناثرت عبر العنبر أخبرته أنه لا يهذي...

بل جُنَّ...

إن ما يراه الآن هو الجنون بعينه!

ولدقيقة كاملة تصنَّم فيها جسده، وتحجَّرت عيناه على المشهد، أخذت صور عديدة تخترق مخيلته كضربات سكين: محيط.. رحلة.. خمر.. سطح خالٍ.. رائحة.. جثث.. جثث كثيرة...

طاقمه كاملًا...

ورغمًا عنه أخذ يتراجع بخطوات خائفة، ثم أخذ يضحك.. يضحك.. يضحك.. يضحك...

* * *

٨

عندما استيقظ هذه المرَّة، كانت زجاجة الخمر شبه الخاوية لا تزال عالقة بيده.

وللمرَّة الثانية أخذ يحدق فيما حوله ذاهلًا، قبل أن يجرع ما تبقى في الزجاجة مرَّة واحدة، لتعود إليه ذاكرته كاملة.

إنه الآن في سفينة في قلب المحيط، وحيد بعد أن ذهب طاقمه كله إلى الجحيم.

مرحى... على الأقل لن يقلق بشأن الطعام، إلا لو كان هؤلاء الأوغاد قد ملأوا أجوافهم قبل أن يموتوا تلك الميتة الجماعية.

لا بأس.. لا بأس.. على الأقل إنه يظفر الآن بالهدووووء.

ـ أين القبطان؟

دوى الصوت من خارج قمرة القيادة، ليحطم زجاجة الخمر التي سقطت من يده، وفكرته عن الهدوء وعن...

ـ لقد اختفى القبطان! تخلى عنا ذلك الوغد ثانية!

وعن الموت...

إنه.. طاقمه.. الذي.. مات!

ومأخوذًا قام من مكانه، ليخرج من قمرته متجهًا إلى عنبر النوم الذي استحال إلى مقبرة جماعية، ليشاهد الهول بعينيه.

فأمامه كانت الجثث المشوهة في أماكنها، وقد وقف إلى جوار كل جثة شبحها.

طاقم كامل من الأشباح!

وانتزع الكلمات من حلقه ليقول:

ـ لقد جُننت! نعم، جننت!

لكن الجنون كان أبعد من أن يناله، فالأشباح ـ التي بدت وكأنها لم تَرَه ـ واصلت:

ـ ما الذي سنفعله إذن؟

ـ سنواصل بدونه.. لا حاجة لنا به!

ـ عظيم! س... سنذهب لـ... لنواصل بمفر.. ردنا!

خرج صوته هذه المرَّة مبحوحًا لفرط انفعاله:

ـ أنا هنا!

لكن أحدًا من الأشباح لم يعره انتباهًا، بل خرجوا من العنبر ليصعدوا، مارين على قيد سنتيمترات منه دون أن يعيروه أدنى اهتمام.

فقط تركوه وحيدًا مع جثهم، التي لم تقِل رائحتها شناعة عن ذي قبل.

مهلًا.. لماذا لايكون هو الشبح؟

وماذا عن السفينة التي لا تتحرك؟

وماذا عن تلك.. تلك الرائحة الشنيعة التي تكاد تنتزع روحه بحق؟

حسنًا، إنه قبطان وطاقم من الأشباح!

ـ هيه، وصلنا يا رجال.

ـ مرحى.. لنهبط إذن.

أتاه صوت الأشباح ليجمد الدم في عروقه.

لن.. لنهبط! عن ماذا يتحدث هؤلاء الحمقى ؟!

واندفع ليصعد إليهم، ليجدهم يهبطون ثانية ـ دون أن يعيروه انتباهًا ـ كالعادة، وقد حمل كلٌّ منهم معولًا، لا يعلم إلا الله من أين أتوا به، وأحدهم يقول:

ـ هيا.. سنهبط الآن!

ورفع معوله بحنكة، ليهوي به على قاع السفينة لتنفجر مياه المحيط إلى الداخل.

وبرعب صرخ هو:

ـ ما الذي تفعلونه أيها التعساء؟!

لكن المعول الثاني هوى لتندفع المياه أكثر فأكثر.

ثم هوى المعول الثالث والرابع، وتصاعدت مياه المحيط لتغمر القاع، ولتبلغ ساقيه في سرعة.

صرخ مجددًا حتى نفرت عروقه:

ـ توقفوا أيها الملاعين! ستُغرقون السفينة!

التفت أقرب الأشباح إليه بغتة، ليقول بصوت لا يمت إلى عالم البشر بصلة:

ـ نعم سنُغرقها! وستَغرق معنا!

تسمَّر في مكانه لحظة، شعر فيها ببرودة مخيفة تثلج روحه، وبرغبة قاهرة للتقيؤ.. ثم اتخذ قراره فجأة.

اندفع يعدو إلى السطح مرددًا من بين لهثاته:

ـ يجب أن أخرج من هنا!

لكنه توقف أمام مشهد النيران التي غطت سطح السفينة، عاجزًا عن التفكير.

إنها لحظة الحقيقة، كما يقول الإنجليز.

لقد أجاد الأشباح اللعبة حقًّا.

لكن فكرة الغرق مع السفينة، ومع طاقم من الأشباح، دفعته لإلقاء نفسه وسط النيران، ليعدو صارخًا:

ـ هذا جنون.. جنون.. جنووووون!

وألقى بنفسه من السفينة ليغوص في قلب المحيط.

* * *

ـ مرت عشر سنوات على ما حدث.

قالها بصوت مزَّقت نبراته الشيخوخة للطفل الجالس أمامه، في ذلك الكوخ الخشبي، قابضًا بيده على شراب ساخن، رشف منه رشفة، ثم قال:

ـ لست أدري كيف نجوت بعد هذا! كل ما أذكره أنني كنت أحارب للبقاء على سطح الماء، أشاهد بعينيَّ سفينتي تحترق، وتغرق... ثم انتشلتني سفينة أخرى بعد ذلك، حيث بدأت أستوعب ما حدث.

سأله الطفل بلهفة، وعيناه تلمعان:

ـ أبي.. قلت لي إنهم قالوا إنك تخلَّيت عنهم ثانية.. كيف؟

تدفقت المرارة في صوته وهو يجيب:

ـ كنت مدمنًا الخمر حينها، لذا لم أذكر ما حدث قبل موتهم..

إنه الطاعون.. لقد أصيبوا بالطاعون قبل موتهم، فتخلَّيت عنهم، وأغلقت على نفسي قمرة القيادة ومعي الأمصال الواقية.. كنت أخشى العدوى، والخمر كانت قد ذهبت بعقلي.. وإذ عادت أشباحهم، كانت تبغي الانتقام، بتلك المسرحية التي مثَّلوها!

ثم أردف:

- صحيح أنني نجوت من انتقامهم يومها، إلا أنهم تركوا لي عقابًا قاسيًا!

ورفع عينيه لينظر إلى طاقم الأشباح، الذي وقف خلف الطفل إياه بقسوة، ليقول:

- إنني أراهم طيلة الوقت وحدي.. إنهم هنا!

في الغرفة المغلقة

جذب عدة أنفاس من غليونه قبل أن ينثر الدخان في سماء الغرفة.

ثم التفت إلى الطبيب الشاب الذي يرمقه طيلة الوقت بانبهار، ليقول بلهجة عملية بحتة:

ـ هل أنت مُستعد؟

ـ نعم يا سيدي.

ـ إذن هيا بنا.

وانطلق، يتبعه ذلك الطبيب الشاب المنبهر إلى أكثر الأماكن رهبة في هذا المستشفى: المشرحة.. حيث قضى أكثر من نصف عمره. ربما عمره كله، لم يعد يدري. حياته كلها دائرة من النوم، الاستيقاظ، الطعام، المشرحة... المائدة الرخامية الباردة تحمل له جسدًا ساكنًا ووجهًا يحمل عظة الموت وقسوته.

ربما كان هذا الطبيب الشاب أول مَن يصحبه في عالمه البارد الخاوي. إنه يريد أن يتعلَّم، فليمنحه ما يريده إذن.

وما إن جمعتهما الغرفة الباردة حتى التفت إلى الطبيب الشاب
ليقول:

ـ أهي أول مرَّة لك؟

ـ نعم، نعم يا سيدي!

مرحى! ها هو قد بدأ يتوتر، دون أن يرى الجثة حتى. من
الأفضل له ألَّا يفقد وعيه، سيضيع هذا وقته بلا طائل.

وأمسك الملف على المنضدة، ليقرأه بعينيه لحظة، ثم قال:

ـ حسنًا.. لدينا قتيلة في غرفة مغلقة من الداخل.. ما الاحتمالات
التي نملكها إذن؟

انطلق الطبيب الشاب يجيب، كأي طالب نجيب:

ـ تسمم أو اختناق أو انتحار.

ـ عظيم! دعنا نستبعد التسمم والاختناق، فهي لا تحمل
أعراض كليهما.. ما المتبقي إذن؟

ـ الانتحار.

ابتسم ابتسامة جانبية وهو يتجه إلى المنضدة الرخامية، ورفع
الغطاء الملوث ببقع حمراء طازجة، قائلًا:

ـ إذن، فهذه هي أول حالة انتحار بفصل الرأس عن الجسد!

وعلى عكس ما توقَّع تمامًا، اقترب الطبيب الشاب من
المنضدة مُتفحصًا باهتمام فضولي الجثة مقطوعة الرأس، ثم
بدأ يقول بصوت خلا تمامًا من التوتر:

ـ أنثى بيضاء، في العقد الثاني من عمرها، الرأس مفصول

عن الجسد بأداة حادة.. شديدة الحدة في الواقع، فلم أَرَ في حياتي قطعًا له هذه الحواف! ربما كانت الأداة المستخدمة سيفًا أو فأسًا.

ـ عظيم! ليست ضحية انتحار إذن؟

ـ لا أستطيع الجزم بهذا الآن.

أصابته إجابة الطبيب الشاب بالضيق، فقرر أن ينهي هذا الجدل قائلًا:

ـ دعني أمنحك الصورة كاملة إذن.. لقد كانت هذه الفتاة في غرفة مغلقة حين لاحظت أختها الدماء المنهمرة من أسفل باب الغرفة.. طرقت الباب كثيرًا قبل أن تبدأ في الصراخ.. وحين اقتحم الجيران الغرفة، واستدعوا الشرطة بعد ذلك، كانت المجزرة التي رأوها تحمل لهم ألف سؤال.

وصمت لحظة ليعيد إشعال غليونه، ولينثر مزيدًا من الدخان، قبل أن يتابع:

ـ لقد كان كل شيء محطمًا في الغرفة، بل منسوفًا، وكأنما انفجرت قنبلة في المكان.. أما هي فكانت تسبح في بركة هائلة من الدماء، وقد ألقى أحدهم رأسها في ركن الغرفة.. النافذة الوحيدة في الغرفة كانت مغلقة من الداخل، وكذلك باب الغرفة.. ولم يكن لسيفك الحاد هذا أي وجود!

ظل الطبيب الشاب جامدًا برهة يفكر، قبل أن يقول أخيرًا:

ـ كيف خرج القاتل إذن؟!
منحه هو مزيدًا من دخان غليونه، دون أن يجيب، فكرر الطبيب الشاب:
ـ هل تعرف كيف؟
ها هو يقوده إلى الفخ، بعد أن فتح هو بابه بنفسه.. فليدخل إذن، أو...
ـ لنبدأ بفحص الجثة أولًا.. هذا هو عملنا.
ـ أعرف أنه عملنا، لكن لماذا لا نضفي عليه قليلًا من المتعة؟
لا مناص من الفخ إذن.. ليُلقي إليه بالكُرة الآن:
ـ ما الذي تعتقده بالضبط؟
ـ أن القاتل عبقري.
ـ أحسنت.. لنبدأ عملنا إذن!
لكن الطبيب الشاب بدا مُصرًّا، وهو يتابع:
ـ المشكلة الآن تكمن في ثلاث نقاط، وهي: كيف دخل إلى الغرفة؟ كيف قتل الفتاة وحطَّم الغرفة دون أن تسمع أختها أي شيء؟ وكيف خرج في النهاية؟
أجابه هو بنفاد صبر:
ـ إجابة السؤال الثاني أن أختها كانت في الخارج حينذاك. أما الأول فلا يهم.. كل القتلة يستطيعون الدخول دائمًا.
ـ ماذا عن الثالث؟ كيف خرج؟
لا مفر إذن!

هذا الوغد سيجعله ينطق بالكلمة التي ظل أكثر من عشرين عامًا يحاول تجنبها:

ـ لا أدري!

قالها باقتضاب.. بغضب.. بفشل.. بخجل...

ـ لنحاول أن نعرف إذن.

هتف بعصبية:

ـ كيف؟

أجاب الطبيب الشاب بحماس:

ـ دعنا نسترجع ما حدث عمليًا.. هل بقايا الحطام موجودة هنا؟

ـ نعم.

ـ عظيم!

قالها واتجه إلى باب المشرحة ليغلقه من الداخل بإحكام، ثم تابع وعيناه تلمعان حماسةً:

ـ والآن نحن في «غرفة مغلقة» تمامًا كما كانت هي.. أين بقايا الحطام؟

أشار إلى مجموعة من الأكياس موضوعة على المنضدة، دون أن ينطق، مراقبًا إياه بعينيه.

أما هو فأخذ يتفحصها بعناية، ولعشر دقائق كاملة، قبل أن يقول:

ـ والآن دعنا نتخيل المكان: لقد كان السرير هناك في

الركن الأيسر من الغرفة على سبيل المثال، والغرفة مضاءة بمصابيح النيون، وثمة مرآة ذات برواز خشبي على الحائط، وخزانة ملابس قرب السرير.. لقد كانت هي تجلس على السرير أو نائمة عليه حين دخل القاتل.. لا يهم كيف ظهر، كما اتفقنا من قبل.. السؤال هو: هل قتلها على الفور؟

ـ لا أعتقد. هناك جروح قطعية في باطن الكفين وفي الذراعين.. إنها جروح مقاومة على الأرجح.

ـ هذا يعني أنها كانت مستيقظة حين ظهر.

تسلل الحماس إليه نوعًا ما، ففحص الجثة بعينيه، قبل أن يجيب:

ـ ثمة خدوش وشظايا زجاجية، تركت جروح «ما قبل الوفاة».. أي أنه حطَّم الغرفة قبل أن يقتلها!

ـ عظيم! لماذا؟

ـ ليخفي الأدلة على الأرجح.

ـ لا أعتقد. كان ليفعلها بعد قتلها، لو أن هذا هدفه.

ـ لماذا إذن؟

ـ لا أدري.

الآن تتعادل الكفتان!

لقد منحه عجز الطبيب الشاب شعورًا عارمًا بالراحة.

ـ دعني ألقي نظرة على البقايا أولًا.

وأخذ يفحص البقايا، بعينين تحملان عشرين عامًا من الخبرة، وإذ اعتدل أخيرًا، قال:

ـ هل تساءلت عن سر وجود هذه؟

قالها ورفع بين أصابعه بقايا شمعة سوداء، حدق فيها الطبيب الشاب باستغراب قبل أن يقول:

ـ لم أقف كثيرًا عندها! ربما استخدمتها لأن التيار الكهربي انقطع أو...

ـ لو كان التيار الكهربي قد انقطع لفتحت النافذة، هذا هو رد الفعل الطبيعي لأي امرأة.. ثم لماذا تحضر شمعة وتشعلها ثم تغلق الباب والنافذة عليها من الداخل؟ ألا تجد هذا غريبًا؟

ـ بالطبع.

ـ ثم هناك هذه البقايا الورقية، هل لاحظتها؟ لقد مزَّقها أحدهم بعناية فائقة، وبعضها يحمل دماء جافة، بالتأكيد دماء الضحية، لكن هل جاءت هذه الدماء قبل قتلها أم بعده؟

عاد الانبهار إلى عيني الطبيب الشاب، وهو يقول:

ـ وما المكتوب في هذه الورقة؟

ـ دعنا نجمعها لنرى.

وعلى الرغم من أن عملية جمع البقايا الورقية كانت مرهقة ومملة، إلا أنه كان يشعر بحماس غير عادي أورثه إياه الحماس

في عيني الطبيب الشاب، والرغبة في معرفة ما يحدث.. أو ما حدث بالفعل.. في الغرفة المغلقة.

ـ هل تفهم شيئًا من المكتوب؟

قالها الطبيب الشاب بعد نصف ساعة قضياه في جمع الورقة، ليحدقا بعد ذلك في الرمز الغريب الذي تراصت أسفله كلمات بلُغة أغرب، وقد أخفت آثار الدماء الجافة معظم الحروف، لتزيد الأمر تعقيدًا.

ولم يملك هو نفسه من الانفجار صائحًا:

ـ لا أعرف ما هذا! لقد مللت هذا كله! نحن نضيع وقتنا بلا طائل.. ربما لم تكن لهذه الورقة علاقة بالجريمة أساسًا.. لنترك للشرطة مهمة العثور على القاتل، ولننتهِ نحن من...

ـ مهلًا، لقد نسينا الشمعة.

قاطعه الطبيب الشاب بهذه العبارة، ثم تناول الشمعة بلهفة، وأخرج علبة ثقاب من جيبه أشعل بها بقايا الشمعة السوداء، قبل أن يثبتها على المنضدة أمام الورقة، ليقول:

ـ أعتقد أنه يجب أن نغلق المصباح.

ودون أن ينتظر رده كان قد ضغط على الزر بالفعل، ليهوي الظلام على المكان إلا من ضوء الشمعة المتراقص.

ـ ألن ينتهي هذا السخف؟

ـ لحظة أرجوك!

صمت منتبهًا إلى حقيقة بالغة الأهمية...

لو لم يستطيعوا تفسير ما حدث، ستكون هذه هي أول جريمة كاملة تمر عليه في تاريخه كله.

الجريمة الكاملة التي ظن أنها خرافة لا وجود لها.. «عنقاء الطب الشرعي» كما اعتاد أن يسميها.. وها هي العنقاء تنفض رمادها وتعلن عن مولدها.

لا.

هناك حل حتمًا.. بالتأكيد هناك حل.

لقد اعتاد أن يلعب لعبة الاختلافات العشرة حين كان صبيًّا، وكثيرًا ما كان يتوقف بعد الاختلاف الرابع أو الخامس، ليشعر ـ على نحو يقيني ـ أنه لا يوجد سواها.

لكنها كانت هناك.. دائمًا كانت هناك!

الآن ليلعب اللعبة بصورة جديدة، صورة فريدة من نوعها.

على اليمين صورة فتاة تجلس في غرفتها، تقرأ على فراشها.. وعلى اليسار صورة الغرفة المحطمة، والفتاة جثة تسبح في الدماء، رأسها في ركن الغرفة!

أين الاختلافات العشرة إذن؟

السرير لم يعد موجودًا، واحد.. المرآة تحطمت، اثنان.. المصباح تحطم، ثلاثة.. خزانة الملابس تحولت إلى شظايا، أربعة.. الرأس في ركن الغرفة، لم يكن مكانه هناك، خمسة.. عظيم لقد اقترب! الدماء في كل مكان، ستة.. ماذا أيضًا؟ آه،

الورقة الممزقة، سبعة.. والشمعة السوداء.. ثمانية.. والمفتاح،
تــ...

المفتاح!

المفتاح! المفتاح! المفتاح!

لقد أغلقت الغرفة من الداخل، كما قالت الأخت، فأين المفتاح إذن؟

وقذف بجسده تجاه المنضدة، التي تحمل على سطحها بقايا الحطام في تلك الأكياس البلاستيكية، ليبدأ في فحصها بلهفة أفقدته صوابه.

ـ وجدتها!

هتف بها الطبيب الشاب بغتة، وقد التمعت عيناه بنظرة عجيبة، أرغمته على التحديق فيه بدهشة، والطبيب الشاب يواصل، موجهًا حديثه إلى الفراغ:

ـ الجروح القطعية في باطن كفيها لم تكن جروحًا دفاعية.. هي أحدثتها بنفسها.. هي أسالت دماءها على الورقة!

ثم وجه كلامه إليه فجأة، متسائلًا بلهفة مجنونة:

ـ أين مشرطك؟ ناولني إياه حالًا.. لا، لا داعي.. ثمة واحد معي، ها هو.

وأخرج المشرط من جيبه.. حدق فيه لحظة على ضوء الشمعة، ثم ـ وبلا تردد ـ شق باطن كفه لتسيل منه الدماء على الورقة.

ـ هراء.. هراء.. كل هذا هراء.. لا توجد جريمة كاملة!

صرخ هو بهذه العبارة بمزيج من الانتصار والعصبية والشعور بالخلاص، ثم تابع:

ـ دعك من هرائك هذا.. إنها ليست جريمة غرفة مغلقة، فالضحية لم تغلق الباب على نفسها من الداخل.. المفتاح لم يكن معها.. ليس موجودًا ضمن البقايا.. كل هذا كان بلا طائل!

فاجأه ذلك الصمت الذي أجاب به الطبيب الشاب، وتلك النظرة العجيبة في عينيه.

ـ أجب يا هذا! لقد انتهى الأمر!

كررها، وأخذ يحدق في الطبيب الشاب الذي همس فجأة:

ـ لقد.. فهمتُ.. ما في الورقة! لقد أخطأت هي، ونحن كررنا الخطأ! يا لنا من حمقى! لقد استحضرنا...

صرخ هو بعصبية:

ـ انس هذه الورقة! لقد انتهى كل شيء! لقد...

لكنه بتر عبارته، لُيطلق شهقة فزع هائلة حين طار رأس الطبيب الشاب بغتة ليسقط في ركن الغرفة!

وللحظة ظل الجسد واقفًا بلا رأس، ثم هوى دفعة واحدة لتدوي الطَّرقات.. طَرقات بدت وكأنها لآلاف المطارق، تهوي على كل شيء في المشرحة، محيلة إياها إلى حطام متناثر!

وأمام عينيه الجاحظتين بهلع، أخذ كل شيء في الغرفة يتطاير ويتحطم و...

وسقط المفتاح وسط الحطام المتناثر تحت قدميه.
وفهم كل شيء.
فهم في تلك الثانية قبل أن يطير رأسه من على جسده!
في الغرفة المغلقة!

طَرقات

لكني ـ أبدًا ـ لم أجرؤ على النزول إلى أسفل!

لا أحد في مكاني كان ليجرؤ...!

* * *

وحيدًا كنت منذ نشأتي.. منذ ولدت.. بل منذ استضاف جسدي روحي في رحم أمي.

شيء واحد لم أكن أفهمه حينها، ولم أفهمه حتى الآن: لماذا يوجد آخرون؟

ألا يمكن للإنسان أن يكون وحيدًا أبدًا؟

طبعًا لكم أن تتخيلوا محاولات أمي ـ البائسة ـ لتغيير هذه الفكرة في ذهني، ولكم أن تتخيلوا أيضًا ردودي حينها:

ـ الآخرون موجودون، لأن الله خلقهم.

ـ لماذا؟

ـ لتعمير الأرض.

ـ سأعمرها وحدي!

ـ لن تستطيع!

ـ خلّصيني من الآخرين وسأريكِ!

كانت أمي هذه الوحيدة التي استطعت تحمّلها من «الآخرين»، لكنها الآن تركت عالمنا وتركت لي الآخرين!

ومن بعدها استطعت أن أخلق لنفسي عالمي الخاص، وأن أكون وحيدًا.

نسيت أن أخبركم أن أمي تركت لي، بالإضافة إلى «الآخرين»، ثروة محترمة، ومنزلًا فخمًا ـ دون جوار ـ لا أخرج منه سوى إلى عملي الإداري الذي لا يضطرني للاختلاط بالآخرين.

وبالطبع لم أتزوج، ولن أفعل!

منذ متى بدأت المشكلة إذن؟ آه... منذ أسبوعين، ربما ثلاثة، لست أذكر. كنت حينها أتناول طعام الغداء ـ الذي ابتعته وأنا عائد من العمل ـ عندما بدأت الطَّرقات...

ولكن دعني أصف لك الفيلا أولًا: طابقان، الأسفل به الردهة وغرفة المكتب والملحقات.. والأعلى لغرفة النوم، وغرفة أخرى مغلقة ـ وأرجو أن تبقى مغلقة هكذا إلى الأبد ـ وسرداب رطب مظلم لا أستخدمه عادة، يقود إليه باب خشبي مغلق من الخارج.

وعندما دوَّت الطَّرقات أول مرَّة، دوَّت على هذا الباب.. من الداخل!

بالطبع احتبس الطعام في حلقي، ثم أخذت أسعل حتى دمعت عيناي!

وعندما استطعت التنفس أخيرًا، كان الخاطر الوحيد في ذهني هو: إذا كان القبو خاليًا من الداخل، والباب مغلقًا من الخارج...

فمن.. إذن.. يطرق.. عليه.. من الداخل؟!

وكما بدأت الطَّرقات فجأة انتهت فجأة، لكن صداها تردد في أذني طويلًا.

ثم لم ألبث أن ابتسمت، وأقنعت نفسي أن وحدتي بدأت تصيبني بالهلاوس، وواصلت تناول طعامي بهدوء.

على الأقل الطَّرقات لم تتكرر في هذا اليوم.

لكنها تكررت بعد ذلك...

وكانت مختلفة حينها!

* * *

حدث هذا بعد يومين من أول مرَّة.. لا، ثلاثة أيام.

نعم.. بعد ثلاثة أيام!

اليوم الذي تشاجرت فيه مع ذلك الوغد الذي صدم جانب سيارتي بسيارته، ذلك الأرعن الذي لم يحصل على رخصة قيادته إلا بمعجزة أو وساطة!

أيًا كان.. أذكر أنني عُدت إلى منزلي مكدرًا، سعيدًا بوحدتي الخالصة التي تخلو من كل الأوغاد الذين يقودون سياراتهم برعونة!

وبعد أن انتهيت من طعامي ـ دون طَرقات ـ ومن بعض

الأعمال، صعدت إلى حجرة نومي، وبدأت في ممارسة طقوس قراءة ما قبل النوم.

وكانت الساعة الحادية عشرة مساء عندما عادت الطَّرقات ثانية! لكنها كانت مختلفة هذه المرَّة!

كانت قوية كالحق.. مخيفة كالموت.. واثقة كالقدر.. حتى إنني انتفضت في فراشي هلعًا، قبل أن أتمالك نفسي لأهرع إلى أسفل، متمنيًا أن تكون هذه الطَّرقات على باب الفيلا، لا باب القبو.

لكنها كانت بالفعل على باب القبو.

ولخمس دقائق وقفت أرتجف، عاجزًا عن فهم ما يحدث!

الحل الوحيد هو أن أفتح الباب وأنزل إلى القبو!

لكنني ـ أبدًا ـ لم أجرؤ على النزول إلى أسفل!

إن أي أحمق يدرك أن الموضوع ليس موضوع لص أو هلاوس...

إنها طَرقات شخص يريد أن يخرج!

يخرج؟!

ما الذي سيخرج؟!

أصابتني الفكرة بهلع لا حد له، حتى إنني تراجعت غريزيًّا إلى الوراء مع دوي الطَّرقات.

شيء واحد أعرف أنه يجب عليَّ ألَّا أفعله، أيًا كان الثمن...

منحني هذا القرار بعضًا من الشجاعة الكافية لتجعلني أتجاهل هذا الاقتحام العجيب لوحدتي، وأصعد لأنام كأن شيئًا لم يحدث.

واستمرت الطَّرقات بإيقاعها الرتيب المخيف لنصف ساعة،
ثم توقفت فجأة، كأنما أُصيب صاحبها بالملل.
عندئذ استطعت أنا أن أنام.
كانت هذه آخر مرَّة استطعت فيها النوم!

* * *

الطَّرقات لم تسمح لي بالنوم بعد ذلك قَطُّ!
لقد بدا الأمر وكأن صاحب الطَّرقات يراقبني، يعرف متى
أذهب إلى النوم، ثم يبدأ في الطَّرق المجنون على كل شيء.
نعم، كل شيء!
لم يعد الأمر يقتصر على باب القبو، بل شمل الجدران
والأسقف وزجاج النوافذ...
كل شيء.. وكأنما أصبحت الفيلا علبة صغيرة في يد طفل
مجنون بيده مطرقة!
بالطبع جرَّبت كل شيء، بدءًا من دس وسادة على أذني،
وحتى الأقراص المنومة.. لكن صاحب هذه الطَّرقات لم يكن
يرحم!
لقد كان يريد الخروج، وبأي ثمن!
وهكذا لم يعد أمامي سوى حل واحد:
أن أذهب..
إلى أسفل!

* * *

كان الوقت صباحًا حين قررت النزول.. لم أكن أحمق لأنزل في الليل! لم يكن أحد ليسمع صراخي على أية حال!

في يمناي حملت كشافًا يدويًّا، وفي يدي الأخرى قبضت على سكين ضخم، كسلاح للضرورة.

اتجهت إلى باب القبو.. أزحت المزلاج.. التقطت نَفَسي ثم دفعت الباب.. وبدأ ضوء الكشاف الشاحب يرسم طريقي أمامي...

السلالم الخشبية، الجدران العتيقة، شباك العناكب التي ارتجفت من الهواء الذي اقتحم القبو أخيرًا.. وأنا أقف أمام كل هذا أقاوم رغبتي في الهروب.. يجب أن أهبط.. يجب...

إن كنت أريد أن أتناول طعامي بهدوء، أن أنام بهدوء، أن أظفر بوحدتي التي حاربت من أجلها طويلًا، يجب أن أهبط إلى أسفل!

وهكذا اتخذت طريقي إلى أسفل، متسائلًا عما ينتظرني.

لا شيء.. كل ما أظهره لي ضوء الكشاف هو قبو خالٍ رطب، به خزانة حديدية كنت ألقيتها فيه منذ أن جئت إلى هنا.. عدا ذلك، لا شيء.

ألقيت نظرة أخرى على المشهد أمامي، ثم أعدت ضوء المصباح على الخزانة الحديدية، ثم اقتربت منها.. نزلت على ركبتي... عبثت قليلًا في القفل، ثم.. ثم اخترقَت الرائحة الشنيعة مسام أنفاسي كالسهام!

يا إلهي!

كان يجب أن أضع هذا الرأس الآدمي في الفورمالين!

وأمام الرأس المقطوع في الخزانة بدأت ومضات من الذكريات تومض في مخيلتي: أنا أقود سيارتي عائدًا إلى المنزل، الوقت متأخر، أقاوم النعاس، أقاوم النوم وأنا أقود، أقاوم الاصطدام بهذه السيدة التي تعبر أمامي.

ولكنني استيقظت على صوت اصطدام سيارتي بها قبل أن تطير من أمامي، تاركة بقعًا من الدماء على الزجاج!

أذكر أنني لم أصب بالهلع حينها، بل كنت في حالة من الصفاء الذهني التي سمحت لي باتخاذ القرار السليم...

الهرب دون ترك أدلة.

الطريق لا يستخدمه أحد عادة، مما يمنحني بعض الوقت.

وهكذا خرجت من السيارة.. تأكدت من أنها ماتت.

أفرغت حقيبتها وجيوبها من أي شيء يدل على هويتها.. ثم تبقى شيء واحد...

التخلص من أهم شيء يدل على هويتها: رأسها!

وعندما استقر الرأس أخيرًا في الخزانة الحديدية في حقيبة سيارتي، أدركت أنني قد أخفيت جميع الأدلة!

كان هذا منذ سنوات.. والخزانة ملقاة وبها الرأس منذ ذلك الوقت في القبو، فما الذي استجد هنا؟!

إن الأمر كـ... مهلًا! لقد تركت باب القبو مفتوحًا ورائي، سامحًا بخروج أي أحد وأي شيء!

انتفضت لأهرع على السلالم الخشبية، ثم خرجت من القبو لأغلق بابه خلفي بإحكام.

حسنًا، إن الأمر لا يحتاج إلى تفسير الآن.. إنها روح السيدة التي أمتلك رأسها في قبوي!

ومع إدراكي لهذا كله، تخلَّصت من حالة الهلع، وعاد لي صفاء ذهني.

وبمنتهى الهدوء، اتخذت القرار السليم...

القرار الوحيد في الواقع!

* * *

كان الوقت ليلًا هذه المرَّة.

وكنت أحمل هذه المرَّة ـ إلى جوار الكشاف والسكين ـ دلوًا كبيرًا ممتلئًا بالبنزين.

هذه المرَّة سأتخلص من الأدلة نهائيًّا!

وبيد واثقة فتحت المزلاج، ثم دفعت الباب، لتهب الرائحة الشنيعة في وجهي، لا بد أنني نسيت باب الخزانة مفتوحًا!

وبذات الثبات نزلت على الدرجات الخشبية.

حسنًا، ما هي إلا لحظات قليلة وسأنعم بعدها بالوحدة مجددًا.

ها هي الخزانة الآن أمامي!

اقتربت منها، وسددت ضوء الكشاف فيها، مقاومًا غثياني، و...

وأين ذهب الرأس الذي كان في الداخل؟!

الطَّرقات!

يا إلهي! الطَّرَقات! لم يكن صاحبها يبغي الخروج من القبو،
بل من الخزانة!

ولقد فتحتها أنا! والآن...

ودوَّت تلك الخطوات خلفي لأستدير في هلع، تاركًا الدلو
يسقط من يدي، ناثرًا البنزين في كل مكان...

وأمامي كان شبح السيدة يقف على عتبة السلم!

شبح بلا رأس، ينظر إليَّ بحقد بلا عينين!

ولم أعد أحتفظ بصفاء ذهني أكثر من هذا...

بل بدأت في الصراخ!

وتقدَّم الشبح خطوتين تجاهي ثم اختفى!

أما أنا.. فلم أكد أتمالك نفسي حتى أخرجت علبة الثقاب
من جيبي، وأشعلت أحد الأعواد لألقيه على الأرض الخشبية
التي تشبعت بالبنزين!

وعلى الفور بدأت ألسنة النار تغزو الأرض من حولي، فكتمت
أنفاسي، لأسرع مُتجهًا إلى السلم...

بدأت في الصعود، و...

وكانت هي تنتظرني أعلى السلم.. حاملة رأسها المخيف
بين يديها!

وهكذا توقفت أنا عاجزًا عن التفكير أو الحركة!

مدركًا أنني ـ أبدًا ـ لن أجرؤ على الصعود إلى أعلى!

* * *

الآن لم يتبقَّ من هذا كله إلا أنقاض منزل محترق.. وعمال
إنقاذ يرفعون هذه الأنقاض دون أمل في العثور على أحياء!
إنهم محقون في هذا!
أما أنا.. فأحاول التكيف مع حياتي الجديدة كشبح!
المشكلة ها هنا أنني لست وحيدًا...
هناك «آخرون»!

الذي حدث هناك

ـ هل لي أن أفهم ما الذي يحدث بالضبط؟

قالها، ثم دارت عيناه في الوجوه المحيطة عله يستشف إجابة منها، دون جدوى!

واقترب منه هذا القصير، قائلًا بلهجة محايدة:

ـ عذرًا لاستدعائك العاجل يا سيدي، ولكن ثمة ما أود عرضه عليك.

زاده قوله هذا توترًا فعاد يتساءل:

ـ ماذا بالضبط؟

ـ لست أظن الموقف قابلًا للشرح، من الأفضل أن تراه بنفسك!

واجتاز بضعة ممرات، منحتها إضاءة النيون الشاحبة جوًّا ثقيلًا، شعر به يجثم على نفسه ويخنق أفكاره المخدرة بآثار النوم الذي انتزعوه منه بذلك الاستدعاء العجيب:

«نرجو حضور سيادتك على الفور.. الأمر عاجل وغير قابل للتأجيل».

تُرى ما هذا الأمر العاجل الذي استدعوه من أجله؟

وألقى نظرة أخرى على ملامح القصير الذي سار إلى جواره صامتًا، في محاولة أخرى لاستشفاف طبيعة الموقف، وأدها جمود ملامح القصير المستفز.

وأخيرًا بلغا قاعة عرض الفيديو، وما إن دلفا إليها حتى أغلق القصير الباب خلفه بإحكام، ثم التفت إليه ليحدق في عينيه بضراوة قائلًا:

ـ لقد منحتُ الأمر سِرية مطلقة حتى تطلع عليه بنفسك! إنه يتعلق بالمركبة الفضائية «إس ٣٢» التي أطلقناها الأسبوع الماضي في مهمتها الاستكشافية.

اصطبغ صوت المسؤول بالتوجس وهو يقول:

ـ ما الذي حدث لها؟!

منحه مساعده القصير نظرة صامتة أذابت أعصابه، ثم واصل وكأنه لم يسمع سؤاله:

ـ التسجيلاتُ، التي ستشهدها الآن، من داخل المركبة «إس ٣٢»، ولقد أخذنا في تلقيها بعد ثلاثة أيام من إطلاق المركبة.

وبدون أن ينتظر رده قام بتشغيل جهاز العرض.

وعلى الشاشة المسطحة، وأمام عيني المسؤول، أطل وجه شاب واضح القسمات، قصير الشعر، خرج صوته قوي النبرات على نحو يوحي بالثقة وهو يقول:

ـ هنا المركبة «إس ٣٢»، البث الأول: الوضع مستقر، وجميع

الأجهزة تعمل بكفاءة، السرعة تبلغ ثلثي سرعة الضوء وفي المسار الصحيح، أجهزة الضغط وتوليد الأكسجين تعمل بكفاءة.. سأقوم بإرسال البث الدوري الثاني بعد أربع وعشرين ساعة بالتوقيت الأرضي.

قالها، وبدا كمن يمنح الكاميرا ابتسامة بلا معنى، ثم أظلمت الشاشة، وهمَّ المسؤول بقول شيء ما عندما سطع ضوء الشاشة مرَّة أخرى في عينيه حاملًا وجه الشاب بملامحه الثابتة، والذي انبعث صوته مرة أخرى يقول:

ـ هنا المركبة «إس-٣٢»، البث الثاني: ما زال الوضع ثابتًا، الفحص الدوري للأجهزة يؤكد أن كل شيء على ما يُرام، فقط يبدو أن هناك خللًا ما في أجهزة ضخ الأكسجين، فهي تضخ الأكسجين أقل من المعتاد.. لست متأكدًا، سأقوم بمراجعة جهاز الضغط والتأكد من هذا.. ما زلت أنطلق بسرعة ثابتة وفقًا للقصور الذاتي.. البث القادم سيكون بعد أربع وعشرين ساعة بالتوقيت الأرضي.

ومرَّة أخرى الابتسامة غير ذات المعنى، ثم أظلمت الشاشة، وإذ سطعت الشاشة مرَّة أخرى، كانت تحمل تفاصيل أكثر وضوحًا لأجهزة المركبة الداخلية، وللشاب الذي وقف وسطها ليقول وقد نحت القلق تفاصيل جديدة في قسماته الواضحة:

ـ المركبة «إس-٣٢»، البث الثالث: يبدو أن هناك خطأ ما، لقد تأكدت من جميع أجهزة ضخ الأكسجين وجهاز إعادة

تحويل ثاني أكسيد الكربون إليه وكلها تعمل بكفاءة، ولكنني ما زلت أشعر أن الأكسجين أقل.. بالطبع سنستبعد احتمال التسرب، وهذا يترك لي احتمالًا.. حسنًا إنه ليس احتمالًا...

وصمت الشاب لحظة بدا فيها حائرًا فيما يقول، ثم اقترب بوجهه ليملأ به الشاشة أمام عيني المسؤول مردفًا:

ـ الأمر يبدو كأن هناك مَن يتنفس معي داخل المركبة! لست أدري! على كل حال البث القادم سيأتي في موعده المعتاد.

وهذه المرَّة اجتهد لينتزع ابتسامته المعتادة، ثم أظلمت الشاشة مجددًا!

وعلى الفور قال المسؤول والخدر يغلف أعصابه أكثر وأكثر:

ـ ما الذي يعنيه بوجود مَن يتنفس معه داخل المركبة؟ أليس وحيدًا داخل المركبة؟!

ـ تابع يا سيدي، تابع!

وسطعت الشاشة مرَّة أخرى، وانفجر معها صوت الشاب مخترقًا أعصاب المسؤول، وهو يهتف والانفعال يصنع تموجات عنيفة في ملامحه:

ـ هنا المركبة «إس-٣٢».. أعرف أن ما سأقوله سيبدو جنونًا، لكنني لست وحيدًا في هذه المركبة! نعم، لست وحيدًا! هناك مَن يتنفس داخل المركبة! يتنفس وأنا أسمعه بوضوح! أسمع صوت تنفسه الثقيل طيلة الوقت! إنه يستهلك الأكسجين بضراوة دون أن يخرج منه ثاني أكسيد الكربون ليتم إعادة

ضخه في صورة أكسجين! أشعر أنني أتنفس بصعوبة! ربما أنا الذي يهذي! ربما هي الرحلة التي أثرت عليَّ! حقًّا أتمنى لو أنني أهذي!

وهذه المرَّة لم يلق بابتسامته قبل أن تظلم الشاشة.

وهذه المرَّة تملَّكت رجفة عجيبة جسد المسؤول، واتسعت عيناه في مزيج من اللهفة والقلق منتظرًا سطوع الشاشة مرَّة أخرى.

وفي أعماقه بدأ شعور دفين بالخوف يشق طريقه إلى سطح أفكاره، أفكاره التي استحال الخدر حولها إلى طبقة كثيفة من الضباب و...

وسطعت الشاشة مجددًا.

وزحف الخوف بسرعة جنونية من قبره، إلى سطح أفكار المسؤول، الذي حدق بعينين زائغتين في الشاب الذي جلس على أرض المركبة ضامًّا ركبتيه إلى صدره وكأنما يذود بهما عن خطر مجهول.

وتحدَّث الشاب.. بشحوب وجهه تحدَّث.. بالارتعادة في صوته تحدث:

ـ إنه.. هنا.. هنا معي في المركبة! صدِّقوا هذا أو لا تصدِّقوه، فلم أعد أبالي! لقد فقدت تحكمي في المركبة! تغيَّر مسارها وهي تتجه الآن إلى المجهول ذاته! لست أدري كم تبقى لي من أكسجين، ولم يعد هذا يصنع فارقًا على أية حال! فقط أتمنى أن ينتهي كل هذا سريعًا!

وأظلمت الشاشة!

هستيريا!

هذا الوغد الذي يلعب بأعصابه الآن، من على بُعد آلاف الأميال، مصاب بالهستيريا!

لا يمكن أن يكون الأمر غير ذلك!

أم.. أم أن هناك شخصًا آخر حقًّا؟

واقتحم صوت مساعده القصير، حيادي النبرة، أفكاره قائلًا:

ـ انقطع الاتصال بعد ذلك لمدة ثلاثة أيام، ثم.. ثم جاءنا هذا البث.

ومع سطوع الشاشة مرَّة أخرى، ظهر الهول!

وانتفض جسد المسؤول والخدر يتلاشى فجأة تاركًا كل أفكاره تحت رحمة الخوف!

فأمامه ظهر الشاب وهو يحاول أن يمسك بأي شيء أمامه ليحافظ على اتزانه، وعلى وجهه تبدَّت أقسى علامات الهلع.

تُرى هل كان يصرخ؟

أما المركبة نفسها فكانت تهتز لأغرب سبب ممكن، وربما أكثر الأسباب إفزاعًا على الإطلاق: لقد كانت هناك طَرقات عنيفة على جدران المركبة الخارجية!

تمامًا وكأنما اجتمعت مجموعة صبية مشاكسين على سيارة صغيرة ليوسعوها طرقًا وركلًا، مع فارق بسيط مخيف...

أنها ليست سيارة، بل مركبة فضاء!

وأنهم ليسوا صبية، فهم على الأقل في الفضاء الخارجي الآن!

وأظلمت الشاشة بغتة، فشعر المسؤول وكأنما فقد القدرة على التنفس.. وانتزع كلمة واحدة من حلقه وكأنما ينتزع حربة من صدره:

ـ ربااااااه!

وبدا صوت مساعده الحيادي كأنما يأتي من بعيد، إذ قال:

ـ الآن سنشاهد آخر بث وصلنا من المركبة.. تماسك!

وسطعت الشاشة مجددًا، ليبدو رذاذ دم على سطح الكاميرا، حدق فيه المسؤول بفزع تضاعف مع ظهور وجه الشاب هذه المرَّة!

ظهر وجهه ببطء، من أسفل إلى أعلى، ليملأ الشاشة: عينان جاحظتان يرقص الرعب في حدقتيهما، جاحظتان بصورة غير طبيعية، وخيوط الدم تسيل من فتحتي الأنف والأذنين!

وخرج صوته هذه المرَّة مختنقًا مخيفًا.. في حياته لن ينسى المسؤول هذا الصوت الذي قال:

ـ الـ. ضغ.. ط... إ..نه يتلاشـ..ى... هو ... فعلـ..ها!

وانفجر الدم بغتة ليغطي الشاشة كلها، وليرتد معها جسد المسؤول إلى الخلف، كأن الدم انفجر في وجهه هو!

وعندما نطق أخيرًا، كان ما فعله أشبه بالصراخ:

ـ لقد مات! هذا الشاب! كيف؟! كيف حدث هذا؟! ومَن الذي قام باختبار أجهزة المركبة قبل أن تنطلق؟! وما الذي حدث هناك؟!

أدار له مساعده القصير وجهًا صبغه الضوء القادم من الشاشة باللون الأحمر ليقول:
ـ سيدي، أخشى ألا تكون هذه هي المشكلة الأساسية!
صرخ المسؤول بغضب ارتجفت له حروفه:
ـ ما المشكلة إذن؟!
اختفت النبرة الحيادية من صوت مساعده وهو يقول أخيرًا:
ـ المشكلة أن المركبة «إس ـ ٣٢» أُرسلت لمهمة استكشافية بحتة، وقيادتها تتم بواسطة الكمبيوتر! بصورة أوضح: نحن لم نرسل أحدًا داخل هذه المركبة، نحن لا نعرف من هذا الشاب وكيف بلغ المركبة! لقد أرسلناها خاوية.. خاوية تمامًا!
وعلى الشاشة، بدا وكأن وجه الشاب الذي غطته الدماء يبتسم ابتسامة بلا معنى.

الغرفة في نهاية الممر

يقول السيد كريم:

ـ تريد قصة مخيفة؟ حسنًا، سأحكي لك واحدة.

* * *

ـ هذه الأوراق عثروا عليها بعد أن انتشلوا إحدى الغواصات البريطانية التي غرقت إبان الحرب العالمية الثانية، كتبها أحد من كانوا داخل الغواصة، ولم يقرأها أحد إلا بعد الحادث بسنوات طويلة، لكنهم لم ينشروا هذه الأوراق قَطُّ، والسبب ستعرفه حالًا.

بهذه الكلمات بدأ السيد كريم حكايته، فبادلته الابتسامة الهادئة، لأقول:

ـ لقد جذبت اهتمامي، لكني أشك أنك ستثير خوفي.

ـ لندع القصة تجيب عليك إذن.

ثم إنه أخرج ملفًا قديمًا مهترئًا من حقيبته التي يحمل فيها حياته كلها، وفتحه على المائدة بيننا وبدأ يقرأ.

* * *

سألخص كل شيء في هذا التقرير، فلا داعي للإطالة، إذ إنني لا أعتقد أن أحدًا سيقرأ هذه الأوراق على أية حال، لكنها العادة التي تدفعني للكتابة، وحين تقترب نهايتك ستعرف قيمة عاداتك القديمة.. صدقني.

أنا الرقيب «جوناثان رايتز».. لا أعرف تاريخ اليوم، ولا يهمني أن أعرفه، فلا فائدة لهذا ها هنا.. تلك الرفاهيات لم يعد لها وجود على متن الغواصة «U-78». معي هنا في قمرة القيادة كلٌّ من «كارل هانسن» و«ويليام سلانج»، وكلاهما يحمل ذات الرتبة، وذات الوعد بالموت خلال يومين أو ثلاثة على الأكثر.. فنحن الثلاثة أيها السادة، آخر مَن تبقى على قيد الحياة على متن الغواصة «U-78»!

القصة سهلة ولا تحتاج إلا لقليل من الاستنتاج.. غواصة ألمانية اعترضت طريقنا، وأطلقت طوربيدها تجاهنا، قبل أن نتمكن من الابتعاد بما فيه الكفاية، والباقي لا يحتاج للاستنتاج بل للخيال.. أنت تسمع صرخة أحدهم يهتف أن طوربيدًا ظهر على الرادار ويتجه نحونا بسرعة، لتجد أن خلية النحل التي تدير الغواصة قد أصابها الخبال.. الكل يصرخ، الكل يجري، الكل يضغط على أي زر يجده.. ضوضاء تعلو بانتظام مخيف.. تمتزج أصوات الآلات بصراخ الرجال بصلوات الجميع في سيمفونية هائلة الإيقاع، ثم يرتطم الطوربيد بجسم الغواصة، لترتج روحك ذاتها في جسدك.. وفجأة تخمد كل الأصوات!

ما يحدث بعد ذلك لن يجدي معه أي خيال.. أنت لم تَرَ مشهد المياه وهي تتدفق داخل غواصة موشكة على الغرق، ولو رأيته لمتَّ هلعًا قبل أن تموت غرقًا، وأنا لم أره لكني سمعت صرخات من رأوه في القسم السفلي من الغواصة، إذ تدفق الموت عليهم بلا حساب!

كنت حينها في قمرة القيادة، لكن الصرخات كانت تدوي من حولي كأن جدران القمرة هي التي تصرخ، ولم تتوقف الصرخات إلا حين هلك آخر مَن في الأسفل، بينما كنا نحن نعمل على عزل الأقسام الغارقة بمن فيها لننقذ ما يمكن إنقاذه.. لكن بعد فوات الأوان!

المياه كانت تتسرب ببطء من الأسفل إلى الأعلى، والأسوأ أن الغواصة بدأت أبطأ رحلة غرق عرفها تاريخ البحرية.. إنها اللحظة التي يكتشف فيها الناجون أن من غرقوا في الأسفل كانوا أسعد حظًّا منا بكثير، والناجون كانوا قلة بالمناسبة.

صحيح أن الغواصة ارتطمت بالصخور لتتوقف عن رحلتها المخيفة إلى القاع، لكننا وإذ بدأنا نحصي الخسائر، انتبهنا إلى حقيقة موقفنا الجديد: نحن لن نتمكن من الصعود، ولا نملك وسيلة اتصال صالحة بالعالم الخارجي، والمصير الوحيد الذي ينتظرنا هو الموت جوعًا في قلب المحيط البارد المظلم.

لا بد أن الذين غرقوا في الأسفل يخرجون ألسنتهم لنا الآن! وهكذا بدأ الناجون في التناقص.. ومع تسرب المياه المستمر،

لم يتبقَّ في الغواصة مكان شبه جاف إلا قمرة القيادة والغرفة في نهاية الممر حيث نقلنا جثث الذين هلكوا بردًا وجوعًا ويأسًا.

يتناقص الناجون.. أكثر.. فأكثر.. هناك على سطح الأرض يتركون زوجاتهم وأطفالهم وأصدقاءهم وذكرياتهم، ليموتوا هم في قلب المحيط، في غرفة في نهاية الممر في الغواصة «U-78».

والآن أنا أجلس مع رفيقيَّ، لا نجد ما نفعله سوى أن نرمق الغرفة في نهاية الممر، متسائلين أينا سيدخلها أولًا، والإجابة لم تعد تشكل فارقًا.. الأخير الذي سيتبقى فينا لن يجد من ينقله!

على كل حال، أنا لا أكتب لأحكي لكم هذا كله، أي تقرير سيكتبه السادة المسؤولون الذين تركونا نهلك هنا سيفي بالغرض! إنني أكتب ما أكتبه لأحكي لكم عن الصوت الذي جاء من الغرفة في نهاية الممر!

لقد بدأ الأمر في اليوم السابق، حين كنت أشترك مع «كارل» و«ويليام» في آخر لفافة تبغ عثرنا عليها، وأنا لست من هواة التدخين، لكن من الحماقة أن أخشى على صحتي في موقفي هذا! أذكر أن «كارل» حاول تزجية الوقت بأن يسألنا:

ـ هل سيتذكرنا أحد في الأعلى، أعني على سطح الأرض؟

ـ أعتقد أن أبي سيعلق صورتي في صدر المنزل، ليريها لكل أصدقائه.. وسيفخر على الدوام بأنه أبو البطل الذي غرق في خدمة الملكة!

كانت هذه من «ويليام» مشبعة بسخرية خفية، فقلت أنا:

ـ لا أعتقد أن أحدًا سيتذكرني! لقد كنت مثيرًا للمشاكل على الدوام!

ـ أما أنا فواثق أن «جين» ستبكي عليَّ طويلًا، وربما ستقضي ما تبقى من عمرها دون زواج، احترامًا لذكراي!

قالها «كارل» حالمًا، فمازحه «ويليام»:

ـ هذا إن لم تكن قد تزوَّجَت فعلًا! حينها يمكنها أن تسمي ابنها باسمك احترامًا لذكراك!

ـ مستحيل! «جين» تحبني أكثر مما تتخيل! في الليلة التي وصلني فيها الاستدعاء أخذت تبكي بحرقة حتى كادت تفقد وعيها فرقًا.

وشرد بعينيه ليواصل:

ـ «جين» هي الشيء الوحيد الذي سأفتقده على سطح الأرض!

قلت أنا متناولًا منه لفافة التبغ:

ـ أما أنا فأفتقد اليابسة ذاتها! ما زلت عاجزًا عن تصديق أن نهايتي ستأتي بهذه الصورة، جزء في عقلي لا يزال يتشبث بأمل أنني سأنجو!

ـ إذن فأنت أحمق، ولو أردت التأكد اذهب إلى الغرفة في نهاية الممر لتعرف أنها النهاية حقًا!

أخرسنا رد «ويليام» لنعود إلى حالة الصمت التي لازمتنا في الأيام الماضية، ولم يتبقَّ سوى دخان لفافة التبغ يتراقص من حولنا، قبل أن يتبدد في بطء.

إنه على حق.. لا أمل في النجاة! لا أمل إلا إذا لجأت إلى...
في هذه اللحظة قطع الصوت حبل أفكاري! في هذه اللحظة سمعنا الصوت أول مرَّة!

الصوت الذي انبعث من الغرفة في نهاية الممر، ليجمد الدماء في عروقنا، وليحيل ساعاتنا الأخيرة إلى كابوس مخيف، قائلًا:

ـ كاااااااااااارل.. تعال إلى هنا.. لقد حان موعدك!

ـ !!!!!!

* * *

ـ كااااااااااارل.. إنني أنتظر.. تعال نمرح معًا!

قالها الصوت القادم من الغرفة في نهاية الممر.. صوت مؤلم، صوت ماجن، صوت مخيف.

حتى دخان التبغ تجمد في الهواء هلعًا، فلك أن تتخيل حالنا نحن، وأن تتخيل تعبير وجه «كارل» بالذات. لا بد أن وجوه من رأوا المياه وهي تتدفق عليهم في الأسفل قبل أن يغرقوا لم تحمل كل هذا الشحوب!

ـ كااااااااااارل.. تعال إلى هنا.. لقد حان موعد موتك!

ثم دوت ضحكة ماجنة لا يمكن أن تصدر من بشر! أحرقت لفافة التبغ أنامل «ويليام» فألقاها بألم، وهو يصيح مختنقًا بالدخان:

ـ مَن.. مَن هذا؟!

أجبته وعيناي معلقتان على وجه «كارل» الشاحب:

ـ هل سمعت الصوت أنت أيضًا؟ أعني.. إنه موجود حقًّا!

ـ بالطبع سمعته! لكن.. كيف؟!

خرجت الإجابة من بين شفتي «كارل» شاردة، موجهة للفراغ:

ـ إنهم من غرقوا.. لقد عادوا لينتقموا منا!

ـ كُف عن هذا العبث! إننا نهلوس، هذا كل ما في الأمر!

قالها «ويليام» بلا اقتناع، ثم تعلقت عيوننا جميعًا بالغرفة في نهاية الممر، حيث نقلنا جثث الموتى، وحيث عاد الصوت يقول:

ـ كاااااااااااارل.. ألم أخبرك؟ لقد أجهضت «جين» طفلك.. أجهضته بعد سفرك على الفور، كان يجب أن ترى هذا المشهد، كان يجب.. كانت هناك دماء كثيرة!

هنا لم يحتمل «كارل» أكثر، فهب واقفًا وهو يصرخ بفزع:

ـ مَن هذا الشخص؟ مَن أنت؟

فأجابته الضحكة الماجنة الرهيبة.. أيًّا كان هذا الشخص، كل ما أرجوه هو ألا يأتي إلى هنا!

ـ الأجمل يا «كارل» أنها لم تحتمل عملية الإجهاض.. «جين» نزفت بعدها حتى الموت، وبعدها رفض والدها حضور جنازتها.. لم يعد هناك ما تفتقده على سطح الأرض يا «كارل»! والآن هيا تعال!

صرخ «كارل» وقد استحال لون وجهه الشاحب إلى لون الدم:

ـ سأقتلك! سآتي وأقتلك!

وقبل أن نتمكن من منعه، كان يعدو كالمجنون إلى الغرفة في

نهاية الممر، حيث جثث الرجال وظلام المحيط.. وحين قمت لألحق به، أمسك «ويليام» بمعصمي ليمنعني، وحين نظرت إليه مستنكرًا، أجابتني عيناه على ألف سؤال.. نعم، لنر ما الذي سيجده «كارل» أولًا!

وهكذا وقفنا نرمق «كارل» الذي غاب في ظلام الممر، قبل أن يدخل الغرفة في نهاية الممر، والواقع أنه لم يدخلها فعليًّا.

ما رأيته بصعوبة بسبب الظلام هو أن «كارل» بلغ باب الغرفة، ثم تكاثف الظلام حوله بصورة عجيبة، قبل أن ينجذب جسده إلى داخل الغرفة بسرعة لا تُصدق.. شيء ما داخل الغرفة جذبه!

لم يجد «كارل» الوقت ليصرخ، ولم أسمع صوت «كارل» ولم أره بعد هذه اللحظة قطُّ!

ناديت «كارل» بتخاذل، لكنه لم يُجب! أنا أعرف أنه لم يعد على قيد الحياة ليجيب!

ومرت دقائق من الصمت الثقيل، ثم قال «ويليام»:

ـ ما الذي حدث؟

ـ لا أعرف!

ـ هل نذهب لنرى؟

ـ اذهب أنت.. أنا لن أبرح مكاني مهما كان السبب!

كان الهلع يشل قدرتنا على التفكير، وقبل أن نجد الوقت لنستجمع أنفاسنا، كان الصوت الماجن القاسي المخيف يقول:

ـ «ويليااااااام».. إنه دورك!

شهق «ويليام» بذهول، وانتفضت أنا بخوف.. إنه دور «ويليام»، وبعده يأتي دوري!

لكن «ويليام» صرخ بعصبية:

ـ تعال وخذني أيها الحقير!

أجابه الصوت في الغرفة في نهاية الممر:

ـ كف عن العبث يا «ويليام»، أنا وأنت نعرف الحقيقة!

تسلل الارتباك إلى صوت «ويليام»:

ـ ما.. ما الذي تقصده؟

ـ لقد خدعوك! الألمان عرفوا منك كل شيء عن الغواصة ومسارها، ثم هاجموها وأنت داخلها! كان يجب أن تتوقع هذا!

ـ أنت تكذب!

ـ حقًّا!؟ «فرانز دايشتن»، أليس هذا اسم ضابط الاتصال الذي بعته الأسرار؟ لماذا لا تأتي هنا يا «ويليام»!؟ سنتحدث قليلًا، وسنمرح كثيرًا!!

وجلجلت الضحكة لترتج الغواصة كلها. أما أنا فكنت في حالة صدمة كاملة.

«ويليام» جاسوس للألمان! كل ما نحن فيه الآن، وكل الذين هلكوا، وذلك المصير المخيف الذي يواجهنا... كل هذا لأن «ويليام» خائن حقير! لحسن حظه أنني لا أملك سلاحًا أو قدرة

على القتال! لكنه لو مات الآن سأتمكن من استغلال وسيلة الهرب الأخيرة.

وأمام نظرة الاتهام التي سددتها له، قال «ويليام»:

ـ إنه يكذب! لا تصدقه!

ـ أنت.. خائن؟!

ـ إنه يريد خداعك! حتى لو كنت خائنًا، فمَن هو؟ وما الذي يريده منا؟

كنت أعرف أنه محق في هذه النقطة على الأقل، لذا قلت:

ـ ما الذي سنفعله إذن؟

أجابني «ويليام» هامسًا:

ـ يجب أن نعرف مَن هو هذا الشخص أو الشيء، ونقتله.

ـ كيف؟ هل سنذهب إليه؟!

ـ إنني لا أجرؤ على فعل هذا، لكني سأحاول أن أخدعه.

وهكذا رفع «ويليام» عقيرته صائحًا:

ـ لماذا لا تعيد إلينا «كارل» أولًا؟ بعدها يمكننا التحدث.

أقسم إنني لم أعرف المعنى الحقيقي لكلمة «جذل» إلا حين سمعت الصوت في الغرفة في نهاية الممر، يقول:

ـ تريدان «كارل».. لا بأس... سأرسل لكما «كارل».

وأرسل إلينا «كارل»...

ولم نتمالك أنفسنا من الصراخ هلعًا مما رأيناه!

***

كان الظلام يغلف ما أمام الغرفة في نهاية الممر، لكننا رأينا «كارل».. ولم نتمالك أنفسنا فصرخنا مما رأيناه!

لا أعرف كيف أصف المشهد، لكني سأحاول تقريب الصورة لذهنك: تخيَّل جثة رجل تسير تجاهك بحركة ميكانيكية بطيئة مخيفة.. تخيَّل أن هناك شيئًا ما يتحرك أسفل جلد هذه الجثة كأنه سائل يغلي.. تخيَّل أن الرأس يسقط على الصدر بزاوية ذات دلالة.. تخيَّل أن هذه الجثة كانت منذ دقائق معدودة صديقك الذي يتناوب معك على لفافة التبغ الأخيرة!

تخيَّل أن الصوت الرهيب الماجن، كان يصدر من أعماق جثة «كارل» ليقول:

ـ هأنذا قادم إليكما.. انتظراني.. هي هي هي...

ثم الضحكة الماجنة التي لم يكد «وليام» يسمعها حتى انتفض، ليصرخ:

ـ إنه هو!

لم أجرؤ على إصدار أي صوت أرد به عليه، ولم ينتظر هو ردًّا، بل اندفع إلى باب قمرة القيادة، ليغلقه في وجه الهول المتجه نحونا، وكانت تلك هي اللحظة التي اتخذت فيها قراري.

إما الآن أو لا للأبد.. وهكذا اندفعت خلف «وليام» لأضربه على مؤخرة رأسه بكل ما أوتيت من قوة، ليسقط خارج قمرة القيادة وهو يصرخ بألم مستنكرًا.. لكني لم أضيِّع الفرصة، بل دفعته بقدمي بغلظة، وأغلقت باب القمرة عليَّ من الداخل.

قبل أن يتهمني أحد بالخسة، أذكركم أن «ويليام» جاسوس خائن، بسببه هلك جميع مَن كانوا في الغواصة «U-78»، جميعهم عدا «كارل» بالطبع!

بالطبع كنت ألهث لفرط الانفعال، بينما بدأ «ويليام» يطرق على باب القمرة بهستيريا من الخارج، وهو يصرخ:

ـ «جوناثااان».. ما الذي تفعله أيها الأحمق؟!

لكني لم أُجبه.. والآن يأتي دور وسيلة الهرب الأخيرة من هذا الجحيم!

ـ «جوناثااان» افتح، أرجووووك!

أنا أعرف أن هناك منفذًا عبر قمرة القيادة، إلى غرفة سرية تحتوي على كبسولة لشخص واحد، يمكنها أن تنقلني إلى السطح.. هذا السر هو أخطر أسرار الغواصة «U-78» على الإطلاق، وأنا أعرفه لأنني كنت أهوى العبث في أوراق الجنرال قائد الغواصة بانتظام.

ـ «جوناثااان».. إنه قادم نحوي، أسرع وافتح الباب!

طيلة الوقت وأنا أعرف هذا السر، لكني لم أجرؤ على استخدامه في وجود آخرين على استعداد تام لقتلي ليخرجوا هم من الغواصة، لذا كان عليَّ أن أنتظر حتى اللحظة التي أصبح فيها بمفردي.

ـ «جوناثااان».. إنه...

ثم دوت صرخة «ويليام» هائلة مريعة، حتى إنني ظننت أنها

ستقتلع باب القمرة، وسمعت بعدها صوت عظام تتهشم بوحشية، ثم توقف «ويليام» عن الصراخ.. وعن الوجود!

أنا أعرف أن هناك منفذًا، لكن أين هو بالضبط؟

ـ «جوناثاااااااااااااان».. لم يعد هناك سوانا!

يقولها الصوت المخيف، فأشعر ببرودة عجيبة تغمرني! لقد حان دوري!

لكن لا.. سأعثر على المنفذ الآن، وسأخرج من هنا! وهكذا بدأت رحلة بحثي في قمرة القيادة، والصوت يواصل:

ـ «جوناثاااااااااااااان».. افتح الباب، سأُريك شيئًا يروق لك حقًّا!

ثم دوت أول ضربة على باب القمرة المعدني، فقفزت متراجعًا بفزع.

لقد انبعج الباب المعدني السميك لشدة الضربة! لا يوجد بشري قادر على تسديد مثل هذه الضربة للباب!

ضربة أخرى وينهار الباب! لذا أخذت أبحث كالمجنون بلا أمل حقيقي في النجاة!

ـ «جوناثاااااااااااااان».. لا تحاول الهرب! أنت آخر مَن أحتاجه! بعدها يمكنني العودة!

ضربة أخرى على الباب المسكين، كاد ينخلع لها قلبي، بينما انبعج الباب أكثر! إنها الضربة القادمة إذن! لذا قررت أن أجاريه لأكسب بعض الوقت، فصحت:

ـ تحتاجني في ماذا؟

ـ لأتغذى يا «جوناثاااان»! إنني أحتاج إلى الغذاء كما تعلم لأتمكن من الاستمرار! لا تهرب لأنك لو هربت سأتبعك إلى السطح، وربما ذهبت بعدها إلى اليابسة، وصدقني، أنت لا تريد لمن هم مثلي أن يصلوا إلى اليابسة! يمكنني حينها أن أذهب إلى والدتك المريضة في مستشفى «كامبريدج»، لأخبرها أنك لم تكن ولدًا مهذبًا يا «جوناثاااان»!

هنا توقفت عن البحث وقد استبدت بي حالة عجيبة لا أعرف كيف أصفها بالضبط.

هذا الشيء القادم من أعماق المحيط، حيث تختفي درجات اللون ويسود السواد، ليتغذى على جثثنا، ولن يتوقف أمام أي عائق، هذا الشيء كان ينتظر طويلًا، وها هي فرصته!

ضحكة ماجنة مريعة، ثم ضربة أخرى على الباب الذي لا أُصدق أنه احتمل هذا كله!

إنه على حق.. لا يجب أن يصل مثل هذا الكيان إلى اليابسة.. لا أعرف ما هو ولا أريد أن أعرف، لكني واثق من أنه يجب منعه من الوصول إلى اليابسة.

لذا اتجهت إلى تلك الخزانة المعدنية الضخمة، وبدأت أدفعها تجاه الباب لأدعمه.. هذا لن يحل المشكلة، لكنه سيمنحني الوقت اللازم.. والآن عليَّ أن أستعيد تركيزي لأبدأ في العمل على لوحة القيادة.

تحمل الغواصة «U-78» ستة طوربيدات لم نتمكن من إطلاقها.. ستة طوربيدات قادرة على إغراقنا وإنهاء حياتي وحياة ذلك الشيء الذي جاء إلينا من الغرفة في نهاية الممر!

نعم، هذا هو الحل الوحيد.. المهم أن أنفذه كما يجب.. لن أرهقك بالتفاصيل، لكن المطلوب ببساطة هو أن أُطلق الطوربيدات بينما الكوة التي تخرج منها مغلقة، حينئذ ستنفجر في الداخل.. التنفيذ ليس بهذه البساطة، لكنني سأحاول.

لكنني وإن كنت سأُغرق الغواصة «U-78» فيجب عليَّ أن أكتب السبب، علَّهم يعثرون على البقايا ذات يوم من الأيام، حينها سيعرفون ما الذي حدث بالضبط.. وهذا ما أفعله الآن.

أحكي لكم حقيقة ما حدث، بينما الضربات تنهال على باب القمرة، تخالطها الضحكة الماجنة الشيطانية التي يبدو أنها ستكون آخر ما أسمعه في هذه الدنيا!

أنا «جوناثان رايتز»، وهذه هي لحظة النهاية! الباب ينهار أخيرًا بينما يدي مُعلَّقة على مفتاح إطلاق الطوربيدات! والآن أرى هذا الشيء على حقيقته أخيرًا و... و...

* * *

ـ هذه هي نهاية الأوراق.

يقولها السيد كريم لأخرج ـ بصعوبة ـ من حالة الذهول، وأقول:

ـ قصة عجيبة حقًّا! لكنها صعبة التصديق!

يبتسم السيد كريم ويقول:

ـ أنت على حق.. إنها صعبة التصديق، لكن «جوناثان» كتب هذه الأوراق، ووضعها في صندوق خاص في الغواصة ليضمن أنها لن تتلف، وأن أحدهم سيعثر عليها في يوم من الأيام.

ـ ربما كانت هلاوس رجل يموت وحيدًا في غواصة غارقة!

ـ ربما، ولكن...

وتتسع ابتسامة السيد كريم أكثر:

ـ لكنهم حين انتشلوا بقايا الغواصة «U-78» لاحظوا شيئًا غريبًا: الغواصة لم تحتوِ على أي جثة من جثث الرجال الذين غرقوا داخلها! ربما كانت الأسماك، لكن.. أي أسماك هذه التي لا تترك حتى العظام خلفها؟!

وصمت، فصمتُّ أنا أيضًا أقلب الأمر كله في رأسي.. ولسبب ما شعرت بالقشعريرة تغمرني.

وفي النهاية قلت:

ـ على كل حال تبدو قصة لا بأس بها.. لكنني أتوقع المزيد.

تراخى السيد كريم في مقعده الوثير، وشبك أصابعه على صدره ليقول بهدوء:

ـ ستحصل على المزيد، ولكن.. في المرَّة القادمة.

الشيء في الأعماق

يقول السيد كريم:

ـ اليوم سأحكي لك قصة «الشيء في الأعماق»، تلك القصة التي عثرت عليها في مذكرات القبطان «ديريك ويليامز».

* * *

لن يعرف أحد حقيقة ما حدث على السفينة «برايت نايت»، بل لن يعرف أحد ما حدث أصلًا إلا من خلال هذه الأوراق، لذا أرجوكم التركيز والانتباه.

اسمي هو «ديريك ويليامز»، ولست هنا لأكتب مذكراتي، بل لأقص عليك ما حدث، ويحدث، وجزءًا مما سيحدث. لست هنا لأتحدث عن نفسي، لذا لا تتوقع سخفًا على غرار «مر اليوم بلا أحداث» أو «كنت أشعر بالوحدة لذا ألقيت بنفسي لأسماك القرش». أنا أكره كتابة المذكرات ولا أجد لها ضرورة إلا لو قُتل صاحبها.. حينها سيأتي محقق متحذلق ليقرأ عشرات الصفحات من المادة الخام للسخف، قبل أن يعلن أنها لا تدل على القاتل.

ثمة هوس عجيب للمحققين عندنا أن يقرأوا مذكرات مَن يُقتلون، كأنه يتوقع أن يكتب أحدهم: «بعد يومين سيقتلني ويليام، أرجو أن تقبضوا عليه»! المهم، نحن الآن على بُعد عشرة أميال من شواطئ أفريقيا.. لقد نفَّذنا مهمتنا بنجاح، لكننا دفعنا ثمن هذا النجاح باهظًا؛ إذ سقط منا خمسة رجال، والأسوأ أن جثثهم لم تعد تصلح لنقلها أو دفنها حتى! لمن لا يعرف أي شيء عن الموضوع، سأشرح أكثر: منذ أسبوعين استأجرني اللورد «جون مكارثي» أنا وطاقمي لمهمة عجيبة حقًّا.. منحني خريطة قديمة بالية عليها علامة جمجمة، وأخبرني أنه عند هذه العلامة يعيش ساحر أفريقي، وعلينا أن نحضره إليه.

في الأحوال الطبيعية كنت سأرد الرد الذي يليق بمن يريدني أن أبحث عن ساحر أفريقي له، لكن اللورد «مكارثي» منحني من العملات الذهبية ما يكفيني لأجوب بقاع الأرض بحثًا عن قردة حزينة تتحدث الأوردية، لذا جمعت طاقمي وشرحت لهم المهمة بسرعة، ثم أخرست سخريتهم بأن عرضت عليهم كيس العملات الذهبية، وأخبرتهم أننا سنحصل على المثل لو نفَّذنا المهمة بنجاح.. هكذا أصبحوا على يقين أن قدرهم أن يعثروا على هذا الساحر الأفريقي.

هكذا تبدأ استعدادات الرحلات الطويلة: تجهيز السفينة المتهالكة، تخزين الطعام والشراب الخالي من الكحول، توديع

الأهل والأصدقاء، وأخيرًا حفلة الليلة الأخيرة على اليابسة، والتي نريق فيها كمًّا من النبيذ يكفي لإشعال روما.

في النهاية تتحرك سفينتي الضخمة «برايت نايت» كمارد خشبي قادر ـ بمعجزة حقيقية ـ أن يظل على سطح الماء، وتمر أيام برائحة الملح وطعم الأسماك واللحم المقدد. تريدون اختصارًا أكثر، حسنًا. بلغنا الشواطئ الأفريقية بعد رحلة شاقة تعرضنا فيها لعاصفة كادت تغرقنا وتضع حدًّا لخطايانا، لكننا نجونا لنبدأ رحلة بحث في الغابات الأفريقية اللعينة عن هذا الساحر المخبول.

وهنا يجب أن أمنحكم بعض التفاصيل، فهي مهمة لفهم «ما حدث» وبالتالي «ما يحدث».

حين بدأنا رحلة البحث كان الليل قد بدأ يخيم بظلاله الكئيبة على تلك الغابة التي التحمت أشجارها وأوراقها لتتحول إلى جحيم أسود يعج بالطين والوحوش والحشرات، وكانت المشاعل في أيدينا لا تنير إلا لحاملها، لكننا كنا مسلحين بالبنادق والخناجر، وكانت ذكرى كيس العملات الذهبية تملأ قلوبنا بالعزيمة والشجاعة.

علامة الجمجمة على الخريطة البالية كانت دقيقة لدرجة لم أرَها في حياتي على الإطلاق وأنا الذي رأيت مئات الخرائط، لكنني اعتبرت هذا علامة حظ، خصوصًا أننا بعد مسيرة ساعات رأينا ذلك القادم مما وراء الأشجار، وبدا الأمر لنا وكأن المهمة أوشكت على الانتهاء، فأطفأنا مشاعلنا واقتربنا.

لكننا حين اقتربنا من مصدر الضوء لدرجة ما يحدث رؤية وسط الغابة المخيفة، كادت قلوبنا تتوقف هلعًا من هول ما رأيناه.

سأصف لكم المشهد، ثم سأحاول رسمه أسفل الصفحة لأقرب لكم الصورة: ساحة دائرية حجرية، مضاءة بنيران حمراء ساطعة تخرج من الأرض مباشرة دون حطب يشتعل أو أي شيء قابل للاحتراق، وقرب النيران وقف ذلك الساحر الأفريقي وقد غلَّفته الظلال، ممسكًا بأداة تشبه ريشة التلوين، أخذ يصبغ بها وجه ذلك الرجل الأبيض الواقف أمامه.

لا، لا، لم يكن واقفًا.. قدماه لم تمسا الأرض!

لقد كان معلقًا بخازوق خشبي اخترق جسده من أسفل البطن، ونفذ من مؤخرة العنق، ليبقيه معلقًا كالذبيحة! لكن هذا لم يكن كل شيء!

لقد كان حيًّا!

الرجل الأبيض كان في هذا الوضع وعلى قيد الحياة، بينما الساحر الأفريقي يصبغ وجهه بذلك الطلاء الأحمر العجيب، وهو يحدثه هامسًا بهدوء، بينما الرجل الأبيض يرد عليه بذات الهمس، كأنهما صديقان قديمان يتناقشان في مسألة ما!

آه.. ولم يكن للرجل الأبيض سوى ساق واحدة، أما الأخرى فقد كانت على بُعد أمتار منه، وقد انتزعت بطريقة توحي أنها لم تكن جراحية على الإطلاق! نعم، هذا هو ما رأيته بالضبط في غابة أفريقية، وفي الظلام، وأسفل وابل من الأمطار لا بد أنه

قد أغرق سفينتنا ونحن هنا، نشاهد هذا المشهد الرهيب، ونتبادل النظرات التي حملت ذات التساؤل.

كيف سيمكننا القبض على هذا الرجل والعودة به إلى الديار؟

وهنا يجب أن أؤكد على نقطة مهمة: لقد تصرَّفت بما يمليه عليَّ المنطق السليم، وقررت التضحية بالذهب! أشرت للرجال بأننا سنعود إلى سفينتنا من دونه، ولأول مرة منذ عملت مع هذا الطاقم، لم أحظَ بأي اعتراض!

كنا فقط نود الرحيل، وبسرعة، من هذا المكان! لكن هذا لم يندرج تحت قائمة «ما حدث».

ما حدث هو أن «ستيفن» ـ واحد منا ـ خطا بقدمه على صخرة زلقة فسقط على وجهه وقد تعلَّقت يداه بالبندقية ليخرج منها طلق ناري وحيد، تردد دويه كانفجار هائل في هذه الغابة، ليحدث كل شيء بسرعة بعد هذا! في لحظة تلاشت النيران العجيبة من وسط الساحة الحجرية، وساد الظلام الكئيب على المكان، ثم دوت صرخة «ستيفن» فجأة.

واسمح لي.. أنت لا تعرف «ستيفن»، لذا فلا يمكنك أن تعرف ما الذي يعنيه أن يصرخ «ستيفن»!

لقد احترق ظهره من قبل، وكاد قرش ثائر أن ينتزع ذراعه، ولم يصرخ في الحالتين وكأنه يدرك أن الصراخ لا يليق بجسده الضخم، لكنه هذه المرَّة صرخ كما لم تصرخ امرأة فرنسية فوجئت بالألمان يقتحمون مخدعها مدججين بالسلاح!

صراخًا.. صرخنا نحن حين سمعناه!

قبل أن أتمالك نفسي لأصيح:

ـ تراجعوا إلى السفينة! احموا أنفسكم بالبنادق! حاذروا أن تطلقوا في وجوه بعضكم البعض!

وحين انتهيت شعرت بشيء ما يمر من جواري بسرعة هائلة ـ وأزعم أنني رأيت عينين تضويان في الظلمة لكنني لست واثقًا ـ ثم دوت صرخة «بيتر».

ومع صرخة «بيتر» شعرنا بشيء آخر يتناثر في وجوهنا غير مياه الأمطار.

شيء دافئ لزج له مذاق ملحي مرير.. شيء يسري في عروقنا ونسميه الدماء!

حينها بدأ المهرجان!

الطلقات النارية امتزجت بالعاصفة، بالصراخ، بزمجرة وحوش الغابة، وأخذت الدماء تتناثر كأن السماء تمطر بها، وفي النهاية دوى طلق ناري أصاب الهدف المطلوب.

وهذه المرَّة لم نسمع الصراخ.

فقط، هوى جسد الساحر الضخم على الأرض، فتجمعنا حوله لنفرغ بنادقنا في جسده، عاجزين عن الرؤية من فرط الظلمة، قبل أن نتوقف أخيرًا ليسود صوت لهاثنا على الموقف كله!

وكان «جون» أول مَن تحدث:

ـ فقدنا خمسة رجال!

ـ لكنه سقط أخيرًا.

ـ لكننا فقدنا خمسة رجال! عليك اللعنة! لم يكن هذا ضمن الاتفاق!

هنا أعترف أنني رددت:

ـ هكذا سيُقسم الذهب على عدد أقل.

وهنا أعترف أن هذا هدَّأهم قليلًا، وقال أحدهم:

ـ هيا بنا إذن.

لكني قلت:

ـ ما هي إلا ساعات قليلة وينبلج الفجر.. لننتظره.. فلن أتحرك في هذا الظلام!

مرَّة أخرى لم أحظَ باعتراض، بل جلسنا على الأرض قرب جثة الساحر الأفريقي لأشعر بجسدي يرتعش بشدة، فشكرت السماء على الظلام الذي أخفى هذا عن الرجال!

وفجأة سأل أحد الرجال السؤال المتوقَّع:

ـ ما الذي حدث بالضبط؟

فكرت طويلًا، ثم أجبته:

ـ على ضوء الفجر سنعرف، وسنفهم.

* * *

ثم جاء الفجر بعد طول انتظار، ومرت ليلة لم يستطع أحدنا أن ينام فيها ولو للحظة!

وعلى الضوء الوليد بدأنا في رؤية ما حولنا، ورأيت أنا جثة

الساحر الأفريقي بوضوح لأول مرَّة.. ورأيت ـ رغم أنني أقسم إننا أفرغنا فيه بنادقنا ـ أنه كان سليمًا لا يحمل جسده خدشًا واحدًا!

لم يكن الساحر الأفريقي جثة هامدة كما كان ينبغي له أن يكون.

بل كان ممددًا على الأرض باسترخاء شديد وهو ينظر إليَّ! ويبتسم!

* * *

مكبلًا بالأغلال نقلناه إلى السفينة.

كان هذا قراري ولم يكن مبالغًا فيه.. حين يفرغ خمسة رجال بنادقهم في صدر ساحر أفريقي، ليجدوه في الصباح سليمًا كالأفاعي يبتسم لهم ساخرًا، فالقرار الحكيم هو أن تكبله جيدًا بالأغلال قبل أن تنقله إلى أي مكان.

بالطبع طالب الرجال في البداية أن نتركه وننجو بجلودنا، لكنني ذكرتهم بالذهب وبدم رفاقهم الذي سيضيع هباء، فعدلوا عن قرارهم ورائحة عدم الرضا تفوح منهم.

لا أنكر أنني كنت أرتجف هلعًا من فكرة أننا سننقل معنا هذا «الشيء» في سفينتنا، وسنقضي معه أيامنا في قلب المحيط، لكنني أخذت أذكر نفسي بالقفص الحديدي الذي أضفته لسفينتي مؤخرًا، لأحبس فيه كل من يخالف أوامري، وهي طريقة ـ ولو وجدتها قاسية ـ مجدية للغاية مع قطيع الرعاع الذي أقوده! نعم،

٦٨

هذا القفص سيستضيف ساحرنا اللعين حتى نلقيه في وجه من يطلبه.

ولو بدر منه أي شيء خلال الرحلة، فسأدفن باقي ذخيرتي في جسده وألقيه إلى أسماك القرش.

لكنني ـ أعترف ـ لا زلت في أعماقي أرتجف...

هلعًا!

* * *

كانت حالة من الحزن والتوتر تسود السفينة حين بدأنا رحلة العودة.

والواقع أنني كنت أفتقد من هلكوا في الغابة.. طاقم السفينة قطيع رعاع حقًّا، لكني لم أعرف رعاعًا سواهم في الثلاثين سنة الأخيرة من عمري، وهكذا تجد أن ما يحتفظ به عقلي من ذكريات يتعلق بصورة أو بأخرى بليالينا على هذه السفينة.

والآن، ها هم يرقدون في قبو السفينة جثثًا هامدة في رحلتهم الأخيرة عبر المحيط، تاركين لنا حصصهم من الطعام والشراب!

نعم، كقبطان لسفينة يقودها الرعاع يجب أن أفكر بهذه الطريقة، فالليلة سيحصل من بقي حيًّا على ضعف حصته التقليدية من الطعام والشراب، وهذا كفيل بتهدئتهم إلى اليوم التالي، وحينئذ سأجد شيئًا آخر للرفع من حالتهم المعنوية.

على أية حال، هذه المذكرات ليست لحكي خواطري

٦٩

الشخصية، بل هي لرواية ما حدث أيها السادة، وما زال أمامنا الكثير لنحكيه!

الواقع أن كل ما حدث حتى هذه اللحظة كان شيئًا أشبه بالنسيم الذي يسبق العاصفة.

العاصفتين لو أردنا الدقة!

* * *

القبطان الذي لا يشعر بالعاصفة قبل حدوثها لا يستحق سوى أن يرتدي ملابس النساء والجلوس في داره جوار إناء الحساء!

لثلاثين سنة أخذت أسمع قصص من هلكوا في البحر لمجرد أنهم لم يعرفوا أن هناك عاصفة قادمة ليتجنبوها، أو ليستعدوا لها بما يمكن الاستعداد به.. لكنني، وعلى الرغم من هذا، أصبت بالهلع حين شعرت بهذه العاصفة القادمة بالذات.. إنها ليست مجرد عاصفة.. إنها الأم الروحية لكل عواصف البحار التي هبت من فجر التاريخ!

العاصفة التي تبدأ وتكتسب قوتها بسرعة قراءتك لهذه السطور، العاصفة التي يمتزج فيها البرق بالرعد، التي ترتفع فيها الأمواج حدًّا لم تبلغه الجبال، التي يصبح طنين الرياح فيها أعلى من صوت صرخاتك.. عاصفة كهذه تستحق الاحترام حقًّا!

عاصفة كهذه عليك أن تتجنبها أو تهلك!

هنا يأتي عامل الخبرة، وأنا لا أملك في هذا المحيط سوى خبرتي.. جمعت مَن تبقى من رجالي وألقيت لهم بعشرات

٧٠

الأوامر عالمًا أنهم لو نفذوا نصفها فسيكون هناك أمل بألَّا يبتلعنا المحيط.. ثم اتجهت أنا لأطمئن أن ضيفنا الأفريقي ـ الذي أشعر أنه المسؤول عن العاصفة بصورة أو بأخرى ـ سيظل في مكانه حتى نبلغ ديارنا ونحصل على الذهب.

كنت قد وضعته في قفصي المعدني الضيق، في أقذر مكان ممكن في قاع السفينة، على أمل أن تصيبه كل أمراض البحر كعقاب مخفف له، لكنني حين بلغته في ذلك الركن المظلم الرطب، رأيته يتمدد داخل القفص باسترخاء عجيب، محافظًا على ابتسامته المخيفة.

وكان يأكل!

بيده الحُرة كان يمسك بجثة قرد رمادي ضخم، اختفى أكثر من ثلثي رأسه مخلفًا بعض الدماء حول شفتي الساحر الأفريقي!

قبل أن يتساءل أحدكم، هذا الوغد لا يرتدي سوى مئزر صُنع من لحاء الأشجار يستر به عورته، وفيما عداه يلتمع جسده الأبنوسي على ضوء مصباح الكيروسين الذي أحمله، معلنًا أنه لم يكن هناك مكان يخفي فيه هذا القرد حين حملناه على السفينة، وأنا أقسم بقبر أمي إنه لم يحمل شيئًا في يده منذ أن كبلناه، وحتى جئنا به إلى هنا، وبالطبع أنا أعرف أن سفينتي لم يدخلها قرد، إلا إذا...

إلا إذا كان أحد الرعاع من رجالي يخفي قردًا على سطح سفينتي دون علمي!

وهكذا استدرت عائدًا إلى السطح حين ارتفع الصوت الماجن الرهيب لأول مرَّة، وبلغة إنجليزية سليمة يقول:

- «ديرييييييييك».. هل تذكر أين أخفيت جثة «ماكنيل»؟ !!!!!! -

* * *

في حياتي كلها لم أقامر سوى مرَّة واحدة، وفي هذه المرَّة كدت أخسر أهم شيء امتلكته في حياتي على الإطلاق.. كرامتي!

كنت قد احتسيت كمَّا يفوق جرعتي المعتادة من الشراب، مما دفع بالشجاعة في عروقي والحماقة في رأسي، فقررت أن أقامر متحديًا «جيمس ماكنيل» شخصيًا.. ولمن لا يعرف منكم «ماكنيل»، سألخص لكم قصة حياته في سطر أو سطرين:

صانع أسلحة، عقد صفقة حمقاء مع إحدى العصابات، فقتلوا زوجته وطفلته الوحيدة وتركوه مختل العقل لا يمارس سوى القمار طيلة الليل والنهار، حتى غدا لا يُقهر فيه ولو تحداه أمهر الرجال وأذكاهم!

لهذا لم أستغرق أنا أمامه سوى نصف ساعة كنت قد خسرت فيه كل ما أملك، وما زال عليَّ بضعة آلاف من الجنيهات لأسددها له، وكان الرجال في الحانة يحيطون بطاولتنا، يتابعون ما يحدث في شغف، حين قدم لي «ماكنيل» عرضًا لم أنسه قطُّ:

نزع حذاءه القديم القذر لأول مرَّة منذ أن هلكت أسرته،

ووضعه على الطاولة أمامي، عارضًا عليَّ إما أن أقبله، وإما أن أتنازل له عن سفينتي.

تحمَّس الرجال من حولنا، وهللوا جذلين، ثم نصحني بعض المتهاونين منهم أن أُقبِّل حذاءه وأرحل بسفينتي، لكنني لم أحتمل الفكرة حتى! فأعلنت أمام الجمع أن سفينتي باتت حقًّا له، ورحلت في سرعة أعض على لساني بحرقة!

في حياتي لم يجرؤ أحد على توجيه مثل هذه الإهانة لي.. ثم أتى هذا الـ... الـ...

لهذا لن يلومني أحدكم لو قلت إنني انتظرته طوال الليل قرب الحانة، ثم باغته في أحد الطرق المهجورة لأفقده الوعي، فلم يستعده إلا وفوهة بندقيتي قد اخترقت فمه مهشمة أسنانه، ليجد نفسه في آخر مكان قد يفكر أحد في البحث فيه عنه على الإطلاق...

قبر ابنته!

إنه يقف الآن على الهيكل العظمي الضئيل الذي يحيط به فستان أبيض بالٍ، وهذا هو كل ما قد تبقى من ابنته!

لماذا أقدمت على هذه البشاعة؟ السن الصغيرة، الشراب، الحماقة.. لا يهم الآن ما السبب، فمهما ندمت بعد ذلك لن يجدي الندم!

في لحظة أدرك «ماكنيل» أين هو، وعلى عكس كل توقعاتي بدت عليه الطمأنينة، فلم أضيِّع وقتي معه.. طلقة من بندقيتي..

رأسه الذي انفصل عن جسده يهوي على هيكل ابنته.. ثم جسده يهوي داخل المقبرة لأردمه، ولآخذ سفينتي وأرحل عن هذه المدينة إلى الأبد.

لن يعرف أحد ما حدث أبدًا.. لن يجدوا جثته أبدًا.. لن يخرج هذا السر إلى العلن وسيرافقني إلى قبري يوم أموت!

فقط، لم أكن أعرف أنه سيأتي اليوم الذي فيه أحضر ساحرًا أفريقيًا من غابة في قارة تبعد عن موطني آلاف الأميال، ليتضح في النهاية أنه يعرف سري الوحيد!

* * *

والآن تبدأ حرارة المصباح الكيروسيني في حرق أناملي دون أن أقوى على الحركة، بينما الساحر الأفريقي أمامي في قفصه يواصل بصوته الماجن المخيف:

ـ «ديريييييييك».. هل نسيت «ماكنيل»؟ إن ماسورة بندقيتك لا تزال تحمل آثار دمائه، فهل نسيته؟

هنا أنتزع أنا كلمة:

ـ ك.. كيف؟!

ـ كيف عرفت؟ لا تشغل بالك بهذه السخافات! فقط فكر فيم سيشعر رجالك لو عرفوا.. هل تريد رأيي؟ أعتقد أنهم سيغضبون يا «ديريييييك».. سيغضبون للغاية!

يغضبون! سأكون محظوظًا لو أنهم اكتفوا بسلخي وإلقائي إلى أسماك القرش.

لكن لماذا؟ من الممكن وضع حد لتسرب هذه المعلومة الآن و...

ـ لا تفكر حتى.. أكثر من عدد أيام عمرك هم من حاولوا قتلي، وانتهى بهم الأمر في جوفي.. ربما من الأفضل لك أن تساعدني.

ـ أساعدك؟!

ـ لِمَ لا؟ إنني لا أملك حرية الحركة كما ترى، وهذا القرد لن يسد جوعي طويلًا!

يبدأ عقلي المحموم في التركيز:

ـ تريد الطعام؟ يمكنني أن...

ـ طعامكم لن أمسه.. إن لي طعامًا أفضل.

عقلي المحموم يستوعب الحقيقة، لكنه لا يصدقها، بينما الصوت الماجن يواصل:

ـ أعتقد أن اثنين من الرعاع الذين يقودون سفينتك سيكفياني حتى نصل! يمكنك أن تبرر اختفاءهما بالعاصفة!

ـ أنت من سبَّب العاصفة إذن!

ـ أحاول مساعدتك فحسب يا «ديريييييك».. أسرع، فسفينتك لن تحتمل العاصفة طويلًا.. أسرع، وإلا سيصغي رجالك الليلة إلى قصة لطيفة حدثت لقبطانهم بسبب بضعة أكواب شراب زائدة.

يقرر عقلي المحموم المخاطرة بمحاولة التخلص منه.. على

الأقل المخاطرة.. لكن هذا الشيء يلقي بشيء ما تحت قدمي، فأقفز مفزوعًا إلى الوراء، لأرى على أرضية القبو الخشبية كل الرصاصات التي أطلقناها عليه من قبل واخترقت صدره!

ـ سأبدأ بر جلك القصير ذي الشعر الأشقر الطويل، ذلك الذي يعرج قليلًا.

فأقول أنا بلا وعي:

ـ «مايك سنكلير»!

ـ إنه ليس اسمه الحقيقي، لكنني سأبدأبه! ولا تخش شيئًا، فلن أترك عظامه حتى، كيلا تضطر إلى دفنها في قبر أحد أقاربه!

يقولها ثم يطلق ضحكة ماجنة مريعة.

أما أنا...

أما أنا، فأخذت أفكر في الطريقة التي سآتي بها بـ«مايك» إلى هنا دون أن يشعر الباقون.

وفي الهول الذي سيحدث بعدها!

✳ ✳ ✳

سريعًا سأعرفك بمن بقي حيًّا على سفينتي من طاقم الرعاع:

«جون سكوفيلد»، العصبي الذي لا يتوقف عن السباب.. «شين ماكلويد»، ملك الخناجر كما يحب أن نسميه.. «دوريان القذر»، الوحيد منا الذي لا يستحم ما دمنا على سطح الماء، لأنه يعتقد أن هذا يجلب الحظ السيِّئ، بينما أصر أنا أن هذا

٧٦

لا يجلب لنا سوى رائحته التي لا تُطاق.. «ستيفن هوجز»، العجوز، يعرف عن البحار أكثر مما تعرفه أسماك القرش.. وأخيرًا «مايك سنكلير»، أول الضحايا على قائمة الساحر الأفريقي!

أذكركم سريعًا بالموقف: نحن الآن على بُعد دقائق معدودة من أعتى عاصفة بحرية رأيتها في حياتي، وفي قبو سفينتي ساحر أفريقي رهيب، يطلب أن يكون رجلي «سنكلير» وجبته التالية وإلا سيكشف سري الخاص بـ«جيمس ماكنيل» الذي قتلته ودفنته في قبر ابنته.

مَن يعرف منكم التفاصيل كاملة يدرك أنني لا أملك خيارًا سوى طاعة هذا «الشيء» الذي ينتظر طعم اللحم البشري، وإلا فمصيري إلقائي في قلب العاصفة لأسماك القرش أو ما هو أسوأ!

مَن يعرف منكم التفاصيل يدرك الآن أنني سألقي بواحد من رجالي في جوف ساحر أفريقي لعين جلبناه من الغابة إلى حيث سندفع كلنا ثمن هذه المهمة البغيضة! أنا سأضحي بواحد من رجالي في وقت أحتاج فيه لمن ماتوا سابقًا، فما بالك بمن بقوا أحياء!

نعم، يمكنني بسهولة أن أستدرج «سنكلير» إلى القبو، لكن كيف سأبرر اختفاءه فيما بعد؟

ـ لهذا منحتك العاصفة.. الرجال يُغرقون في العواصف لو كنت تذكر.

يقولها الساحر الأفريقي بصوته الماجن المخيف، فأتذكر أنني لا زلت أقف أمامه أفكر.

ـ هيا أسرع.. لقد اشتقت إلى طعم الرجال البيض حقًّا!

قالها، ثم أعقب قوله بابتسامة كشفت عن أسنان لم أرها حتى في فم أسماك القرش، وفي عينيه التمع جذل عجيب!

أما أنا، فعلى الرغم من الرعب الذي ينمو في عروقي، وينتشر في كل عضلة في جسمي، وتفوح رائحته من أنفاسي، أهز رأسي باستسلام.

ثم أذهب لأحضر له «سنكلير»!

* * *

بلهجة لا تخلو من وقاحة أخبرني «سنكلير»:

ـ لا لن أذهب إلى القبو طالما هذا الـ... الـ... الشيء هناك! أرسل «شين» أو «دوريان».

لكنني أجبته بلهجة لا تقبل النقاش:

ـ أنا القبطان على سطح هذه السفينة، وأنا الذي يقرر من يفعل ماذا! لذا اهبط إلى القبو وتأكد من أن قفص هذا الساحر محكم الإغلاق، فلا أريد أن أجده على السطح معنا لو اشتدت العاصفة.

ـ لكن...

صرخت فيه وقد فقدت أعصابي:

ـ اذهب يا «سنكلير» وإلا سأحبسك معه في ذات القفص! أقسم إنني سأفعلها!

هنا لم يجد «سنكلير» أمامه سوى أن يلعنني في سره ويتجه إلى القبو، بينما وقفت أنا على السطح متابعًا إياه بنظراتي!

ولا أعرف إن كان هذا متعمدًا، لكن في اللحظة التي غاب فيها «سنكلير» التمع لسان برق هائل من السماء إلى المحيط!

ثم، ومع دوي الرعد، هطلت الأمطار فجأة لتضربنا بلا هوادة.

الآن أدرك أنني أحتاج إلى معجزة كي أتجاوز هذه العاصفة بأربعة رجال فحسب!

الآن أدرك حجم الهوة التي سقطت فيها!

والآن أشعر بذات الشعور الذي شعرت به حين هوى رأس «ماكنيل» في قبر ابنته، وأنا أقف على عتبته، والدخان يتصاعد من بندقيتي!

الآن تهمس شفتاي لاإراديًا:

ـ وداعًا «سنكلير»!

* * *

ـ سوف تلقي بنا هذه العاصفة اللعينة في قلب الجحيم يا قبطان.. لن ننجو من كل تلك القذارة حتى لو اجتمعت أرواح البحار الحقيرة لتمد لنا يدها العفنة بالعون.

كان هذا «دوريان القذر» الذي لا تزيد نظافة لسانه على نظافة جسده، لذا أجبته:

ـ سنفعل ما في وسعنا لتجنب العاصفة.. لو استسلمنا سنغرق لا محالة!

ـ أعرف، لكن عددنا قليل! أين ذهب هذا الوغد «سنكلير»؟!

أثار تساؤله الانتباه على سطح السفينة، فكرر «شين»:

ـ نعم، أين اختفى «سنكلير»؟!

جاهدت لأبدو متماسكًا أمام الرجال، وقلت:

ـ إنه في القبو، يتأكد أن ضيفنا سيبقى في مكانه حتى نصل.

ـ سأهبط إليه لأحضره.

لكنني صحت بارتياع:

ـ لا، أنا سأهبط.. نفذوا أنتم ما أمرتكم به.

ودون أن أمنحهم فرصة للجدال، استدرت متجهًا إلى القبو.

هذه الليلة لن تنتهي على خير!

أنا واثق من هذا!

* * *

كل ما أحتاجه هو أن نتجاوز هذه العاصفة، وبعدها يمكنني قيادة السفينة وحدي إلى الشاطئ لو اضطرني الأمر.

إنني الآن في المرحلة التي يفقد فيها المرء عقله ببطء لكن بثقة.. الرجال في الأعلى ينتظرون أن أعود لهم بـ«سنكلير»، وأنا وأنتم نعرف أن هذا بات مستحيلًا.. والعاصفة تشتد وتجذبنا نحوها بقبضة لا ترحم، والأسوأ من هذا كله شعور الذنب الحارق الذي يستعر في أعماقي.

أنا من قدت رجالي إلى رحلة لن يعود منها أحد، بل إنني من يقودهم إلى المقصلة دون أن يعرفوا حتى!

ـ هيييييه.. انظر ماذا صنعت لك!

يدوي الصوت الماجن الرهيب في القبو، فأنتفض وألقي بنظرة سريعة على المشهد أمامي لأفرغ معدتي على الفور كأقل رد فعل لما رأيته!

الدماء تغطي كل شيء: دماء على الجدران، على الأرضية، على السقف، لا تزال لزجة دافئة تتساقط قطرات مصدرة صوت «البليك» المقزز، دماء في الهواء، على شفتي الساحر الأفريقي وجسده، على أسنانه وعلى شعره، على قضبان القفص.. دماء «سنكلير» على صفحة ذنوبي!

ـ أعتذر عن الفوضى، لكنه قاوم كثيرًا!! أنت تعرف كم تكون المقاومة ممتعة! لقد مر حنا طويلًا، لكنني صنعت لك هذه الهدية!

وبذراعه الممدودة خارج القفص ألقى لي بعقد صُنع بشعر وأسنان بشرية...

كل ما تبقى من «سنكلير»!

ـ هذه هديتي لك.. مع تحيات «آرثر».

باغتني الاسم، فتساءلت:

ـ «آرثر» مَن؟

ـ مَن كنت أنت تظنه «سنكلير»!! ألم أقل لك إنه ليس اسمه الحقيقي؟ هو أيضًا كان يتخفى من ماضيه! سر قبيح ظل يهرب منه طيلة عمره، لكن هربه انتهى!

هنا لم أتمالك نفسي من أن أسأل:

ـ كيف؟ كيف تعرف هذا كله؟

ضحك «الشيء» في قفصه، ضحكة ماجنة مريعة، وأجاب:

ـ أنا أعرف كل شيء! أعرف وأنتظر.. أعرف وأنتم تأتون
إليَّ بأنفسكم!

نعم.

نحن من أتينا إليه، وهو كان ينتظرنا!

من كنا نحسبه فريستنا، أصبح هو صائدنا الذي ينوي التهامنا
واحدًا تلو الآخر!

ـ والآن أنا أريد «دوريان».. «دوريان القذر» كما تسمونه.

ـ مستحيل! الرجال يتساءلون عن «سنكلير»! والعاصفة! كيف
سأنجو منها بثلاثة رجال فحسب؟! مستحيل!

ـ أنا من بدأت هذه العاصفة، وأنا قادر على إنهائها! أما أنت
فلا تملك سوى تنفيذ ما آمرك به!

حاولت المقاومة:

ـ لكن الرجال يبحثون عن «سنكلير»، ولو طال غيابه فسوف...

لكنه قاطعني بصوت ماجن عابث:

ـ تريدون «سنكلير»؟ حسنًا، سأرسل إليكم «سنكلير»!
ـ!!!!!!

* * *

أسفل سيل الأمطار، وعلى ضوء ألسنة البرق، روى لي الرجال على السطح ما رأوه وهم يرتجفون هلعًا:

ـ اللعنة! لقد قفز الغبي في المحيط! «سنكلير» اللعين خرج إلينا بوجه صامت، وبدون أي تردد قفز في المحيط!

ومؤمنًا على كلام «دوريان» قال «شين»:

ـ الأمواج ابتلعته في ثانية! لم نملك حتى فرصة إنقاذه!

لكنني كنت أعرف الحقيقة.. أنا أعرف أين انتهى الحال بـ«سنكلير».. ولكني قلت:

ـ لا وقت لدينا إذن.. به أو بدونه يجب أن ننجو من العاصفة وإلا التهمتنا الأمواج نحن أيضًا!

لكن الرجال تبادلوا النظرات بسرعة، ليقول «ستيفن» العجوز بصوته الواهن:

ـ قبطان.. لقد اتخذنا قرارنا: نحن لا نريد هذا الأفريقي في سفينتنا!

ـ ما الذي تقصده؟

ـ سنلقيه في المحيط.. هذا قرارنا ولن نعدل عنه!

صحت في عصبية:

ـ وأنا سأمنعكم! هذا الأفريقي سيظل معنا حتى نصل إلى الشاطئ ونأخذ ذهبنا!

مرَّة أخرى يتبادل الرجال النظرات، ثم يقول «دوريان القذر»:

ـ توقعنا هذا منك!

ـ إذن...

ـ إذن سنضعك في قفص الساحر بعد أن نتخلص منه! سامحنا
يا قبطان، لكنه قرارنا!

قالها ودوى هزيم الرعد ليخرس أي رد من الممكن أن أتفوه به...
أي رد!

❋ ❋ ❋

لكنه لم يكن هناك!

حين حملني الرجال مكبلًا بالحبال إلى القبو، وجدوا القفص
المعدني مفتوحًا، ووجدوا الدماء لا تزال تغطي كل شيء وتتساقط
قطرات من السقف، لكن ساحرنا الأفريقي لم يكن هناك...

لم يكن هناك!

لم يكن هناك!

لم يكن هناك!

ورغمًا عني وجدتني أنفجر في ضحك هستيري، بينما الرجال
يتبادلون النظرات الحيرى، و«شين» يردد:

ـ أين ذهب هذا «الشيء»؟!

يتساءل وأنا أضحك.. أضحك.. أضحك...

إنه يعرف.. يعرف كل شيء وينتظر!

وإزاء ضحكاتي الهستيرية، لم يجد الرجال سوى أن يلقوني
في القفص ويغلقوه عليَّ، ليعلن «دوريان»:

٨٤

ـ سنفتش السفينة بحثًا عنه.

وبينما قطرات الدم تهوي على رأسي من السقف، لتمتزج بضحكاتي، تركني الرجال ليذهبوا بحثًا عن «الشيء».

وبدأت عملية الصيد...

صيدهم!

* * *

كم مضى عليَّ وأنا في القبو؟ لا أذكر.

فقط أذكر كيف انتهى الأمر.

كيف دخل عليَّ «شين» في النهاية والدماء تغطيه، وقد فقد ذراعه اليسرى، وشحب وجهه، ليقول والدماء تخرج من فمه مع حروفه:

ـ لقد هلك الجميع! كلهم هلكوا!

كنت قد أفقت من هوسي لأبدأ رعبي، فصحت ذاهلًا:

ـ ما الذي حدث؟!

ـ لا وقت.. يجب أن تنهي الأمر.. يجب أن تنهيه قبل أن ينتهي كل شيء!

ثم إنه فتح القفص ليتهاوى على عتبته، فأسرعت إليه، لينثر الدماء في وجهي من فمه مرَّة أخيرة:

ـ يجب ألا يصل هذا «الشيء» إلى الشاطئ! يجب أن... أن...

ولم تكفِ حياته ليكمل جملته مطلقًا!

فقد استكان جسده إلى الأبد لينجو بنفسه من الهول!

٨٥

يجب ألَّا يصل هذا الشيء إلى الشاطئ!

الآن أفهم ما عليَّ فعله للمرَّة الأولى.

والآن أسعى إلى تنفيذه!

* * *

لكنني قررت أن أكتب ما حدث أولًا.

أخبرتكم أنني أكره كتابة المذكرات، لكن هذه القصة هي الشيء الوحيد الذي يجب أن ينجو، لذا ها أنا أروي لكم ما حدث ويحدث على صفحات من جلد وبحبر يقاوم الماء.

ها أنا الآن أقف في القبو المظلم أنتظر عودة «الشيء»، فلم يتبقَّ له سواي، بينما السفينة ترتج رجًّا في قلب العاصفة... العاصفة التي بدأها هو وسأنهيها أنا!

الآن سأتنبأ لكم بما سيحدث، وسأضع هذه الأوراق في صندوق معدني منيع سيحتمل ما سيحدث، فلا أعتقد أنني سأملك مزيدًا من الوقت.

سيأتي «الشيء» إلى القبو بقامته المديدة ولون سواد الليل، وبضحكاته الماجنة وصوته الرهيب، وسيخبرني:

ـ إنه دورك!

حينها سأجيب:

ـ أنا مستعد.

ـ الآن سيكون عليك إيصالي إلى الشاطئ.. هناك سأمرح كثيرًا، على اليابسة!

٨٦

لكنني سأتركه يقترب مني بخطواته الواثقة، بينما بندقيتي خلف ظهري.

ـ أعرف ما تفكر فيه وما خططت له.

سيقولها، فهو يعرف كل شيء! لكني سأتركه يواصل تقدمه إلى الحد الكافي، ثم سأقول:

ـ اعرف إذن أنك لن تبلغ الشاطئ أبدًا!

وبسرعة سأطلق النار من بندقيتي على براميل البارود المخزنة في القبو!

وفي العاصفة العاتية سيمتزج دوي الانفجار بهزيم الرعد بصرخة الشيء، وستتذكر السماء لون انفجار سفينتي إلى الأبد.

نعم، هذا ما سيحدث تقريبًا أو تمامًا.

لكن هذه هي نهاية مذكراتي.

لماذا؟

بدون أمل أخذت مسَّاحات زجاج تلك السيارة تصارع سيل الأمطار المنهمرة.

وفي الداخل قاومت عينا الزوج ملايين الانعكاسات الضوئية من الضوء المنبعث من أعمدة الإنارة، والتي شتتتها قطرات المطر على زجاج السيارة.

وفي داخله هو قاوم ملايين الأفكار التي تقوده كلها نحو هدف واحد.. القتل!

قتل مديره.

قالت زوجته وقد بدت شديدة الشحوب:

ـ هدئ السرعة قليلًا، ستقتلنا!

لم تصل إلى أذنيه سوى كلمة «ستقتلنا»، وأحدثت رنينًا مدويًا في رأسه.

لا، لن يقتلها.. بل سيقتل مديره... ذلك الحقير!

سرق مشروعه ونسبه لنفسه، ثم اتهمه بالجنون وطرده أمام الجميع.. منتهى الصفاقة!

عادت زوجته تقول مرتجفة:

ـ أرجوك هدئ السرعة!

تنبه لجملتها هذه المرَّة ولكنه لم يجب.

تبًّا للأمطار! لا يستطيع رؤية الطريق أمامه وتلك الشوارع.. إنها زلقة، وكأنما تشارك مديره الصفاقة!

إنه بالكاد يسيطر على سيارته!

لانت لهجة زوجته قليلًا وهي تقول:

ـ لا داعي للانفعال، بإمكانك البدء والنجاح من جديد.

جز على أسنانه بشدة، وهمس بصوت كالفحيح:

ـ يجب أن يدفع الثمن! يجب أن يرتشف من ذات الكأس!

ـ ولكنك ستقتل نفسك بهذا الانفعال الذي لن تجني منه شيئًا!

المشكلة أنه يدرك هذا جيدًا.. إنه ـ حقًّا ـ لا يملك ما يفعله سوى الغضب، وتلك الفكرة الحمقاء بأن يقتل مديره، تلك الفكرة التي يدرك ـ تمامًا ـ أنه لن يفعلها.

وأمام عجزه هذا يجد نفسه في سيارته المتهالكة في شارع زلق تحت المطر بلا عمل ولا أمل، في حين يرفل مديره في النعيم وفي النجاح الذي صنعه هو!

ورغم أن الجو كان شديد البرودة إلا أن جسده كله يحترق ويرتجف انفعالًا، وقدمه تسحق دواسة الوقود، و... و...

وأخذت سرعة السيارة تزداد وتزداد، وخفقات قلب الزوجة تدوي كطبول الإعدام!

وفي داخلها تردد هاتف مخيف أكثر من الموت ذاته: أن تنقلب السيارة فجأة، ويلقى زوجها مصرعه، وينحشر جسدها وهي تنزف في طريق مصر-إسكندرية الصحراوي، دون أن ينقذها أحد في مثل هذا الوقت.

ستموت ببطء دون أن يفكر أحد في التوقف من أجلها.

ابتلعت لسانها هذه المَرَّة وقد عكس وجهها مزيج الفزع والرهبة، وعيناها تعكسان صورًا متلاحقة للطريق أمامها.

أعمدة الإنارة تظهر وتختفي مانحة إياهما ومضات من الضوء الشاحب.

علامات الطريق وقد حملت بيانات عديدة.

سيارة أخرى على الطريق الآخر في الاتجاه المضاد، مرت كشبح رهيب يملك مصباحين في مقدمته.

ملايين.. ملايين من قطرات المطر ترتطم بزجاج السيارة، وكأنما تود اقتلاعه، ثم ذلك الرجل العجوز الذي ظهر فجأة تحت المطر ونظرة رعب خاطفة ومضت في عينيه قبل أن تقتلعه السيارة من على الأرض ومن الحياة!

ومَن الذي صرخ بعدها؟

أهي؟ زوجها؟ أم هو صرير السيارة إثر الفرملة المفاجئة ـ بعد

فوات الأوان ـ قبل أن تبدأ في الدوران حول نفسها في الشوارع الزلقة؟ أم أنه العجوز أطلقها في آخر لحظاته؟

وتوقفت السيارة أخيرًا.

ولم ينبس الزوج ببنت شفة.. فقط فغر فاه، واتسعت عيناه، ترمقان المطر المتساقط على زجاج السيارة.

ولكن لماذا تغير لون المطر؟

أصبح لونه أحمر قانيًا؟

وبرعب همست زوجته:

ـ إنه.. د.. م!

قالتها، ثم انفجرت صارخة في عاصفة من البكاء الهستيري:

ـ لقد قتلناه! ذلك العجوز، لقد رأيته، جسده طار!

حرك شفتيه بإجابة وهمية لم يسمعها أحد، وتحرك أخيرًا ليفتح باب السيارة، فدخلت العاصفة..

وخرج هو إليها!

هوت الأمطار على رأسه وجسده، وصفرت الرياح في أذنيه منذرة باقتلاعه.

جمد البرد عظامه، وفي وسط كل هذا سؤال رهيب...

هل مات العجوز حقًّا؟

سار الزوج كالمأخوذ وسط العاصفة، وبكاء زوجته يتصاعد من داخل السيارة.

صوت خطواته على الشارع الزلق.. الجسد المتكوم وسط الطريق يكبر ويكبر.

وعندما بلغ الجسد الذي سكن تمامًا، انتفض جسده هو وكأنما لا يصدق أنه فعلها.

وللحظة تساءل عن شعور صاحب الجثة المكومة أمامه قبل أن تصدمه السيارة!

لا بد أنه كان يقف، ليفاجأ بشبح السيارة المخيف قادمًا تجاهه بسرعة خرافية و...

ولكن مهلًا.. ما الذي كان يفعله في هذا المكان وهذا الوقت؟!

صوت باب السيارة ينفتح من خلفه، ثم خطوات أنثوية سريعة، ثم زوجته تلهث إلى جواره متسائلة:

ـ هل.. هل مات؟

همس:

ـ لست أدري.

ومدفوعًا برغبة إجابة سؤالها، انحنى على الجسم المتكوم أمامه.

هزه لحظة، ثم قلبه على ظهره، لتطلق زوجته صرخة رعب عاتية، أمام الوجه المتغضن الذي حمل سكون الموتى!

وبرعب هتف الزوج:

ـ يا إلهي! يا للكارثة!

عادت زوجته للبكاء الهستيري وهي تردد:

ـ لقد حذرتك! قلت لك هدئ السرعة! إنك لم تصغ لي!

هتف الزوج:

ـ لقد ظهر فجأة دون مقدمات ولم يتحرك و...

وندت تلك السعلة الخفيفة من الجسد الساكن أمامه لتبتر حديثه!

وبمزيج من الفزع والأمل هتف الزوج:

ـ إنه.. إنه حي!

وانحنى مجددًا على الجسد، ثم، وبتردد، ألصق أذنه على صدر العجوز وأصغى.

خفقات قلبه الواهنة ما زالت هنالك.. ثم سعلة خشنة من رئتين أنهكتهما السنون.

وفتح العجوز عينيه.. دارت عيناه في محجريهما لحظة تستكشفان ما حولهما...

ثم توقفتا أمام عيني الزوج الملتاعتين.

وبصوت خشن، ولكنه واهن قال العجوز:

ـ ما الذي حدث؟

اندفع الزوج يقول:

ـ لقد كان حادثًا! لقد ظهرت أمامي ولم أستطع تفاديك! و.. إنني على استعداد لدفع أي تعويض!

ابتسم العجوز ابتسامة واهنة وقال محاولًا النهوض:

ـ لا عليك! لا علـ...!

ثم بتر جملته مطلقًا صرخة ألم انخلع لها قلب الزوج والزوجة وهو يمسك بساقه اليسرى قائلًا:

ـ ساقي.. لقد كُسرت!

امتزج صوته بنحيب الزوجة في أذني الزوج ليغطي على دوي العاصفة، وليشعل عاصفة أخرى من التوتر والقلق في أعماق الزوج وهو يهتف:

ـ ألا يوجد مستشفى بالقرب من هنا؟

ـ منزلي.. إنه بالقرب من هنا.. أريد الذهاب إلى منزلي.

ـ ولكن.. ساقك؟!

هوت صرخة العجوز في أذني الزوج باترة، قاطعة:

ـ أريد... الذهاب.. إلى منزلي.

ـ حسنًا، حسنًا.

والتفت إلى زوجته ليخرس نحيبها بصرخة:

ـ ساعديني على نقله!

بدت زوجته كالآلة، إذ توقف نحيبها على الفور، وساعدت زوجها على نقل العجوز إلى داخل السيارة وهي تردد بلا انقطاع:

ـ سامحنا! لقد كان حادثًا!

وما إن أغلقت أبواب السيارة حتى ساد ذلك الشعور المريح بأن العاصفة أصبحت في الخارج!

ومتقمصًا شخصيّة السائق، مدفوعًا بخوفه، قال الزوج:

ـ أين منزلك؟

ـ سأرشدك.

وعبر الطرق الجانبية، الأسفلتية في البداية والطينية بعد ذلك، شعر الزوج بغمامة ثقيلة على نفسه تكاد تخنقه، وتكاد تظلم الطريق أمامه أكثر وأكثر.

هذا ما ينقصنا!

ليت المدير كان مكان ذلك العجوز! يا إلهي! كان سيسوي جثته بالأرض وبكل استمتاع!

بلغا منزل العجوز أخيرًا، فرفع الزوج عينيه ببطء عن الطريق، وأخذ يجول بنظره في ذلك المنزل العتيق أمامه.

كان الذي أمامه ـ وببساطة ـ فيلا لم تمتد إليها أيدي العناية منذ عشر سنوات على الأقل.

وتحدث العجوز بصوته الواهن ليقول:

ـ ذلك هو المنزل.. هل لكما أن تحملاني إلى الداخل؟

هتفت الزوجة على الفور:

ـ بالتأكيد.

تحرك الزوج بآلية تامة ليخرج من السيارة، وفتح الباب الخلفي وانتظر حتى انضمت إليه زوجته، وتعاونا على حمل العجوز إلى الداخل.

وفي الداخل كان الاستقبال حافلًا: مئات العناكب، الظلام

دامس، ورائحة العطن الرطب، وثمة ضوء ما يتسلل من غرفة ذات باب مفتوح.

تقلص وجه الزوجة اشمئزازًا وهي ترمق هذا كله، وساعدت زوجها في إنزال العجوز على مقعد مغطى بالغبار قبل أن تقول:

ـ يا إلهي! ألا يوجد من يعتني بك؟!

سعل العجوز سعلة مريعة أورثته إياها رطوبة المكان، وأجاب:

ـ لا أحد على الإطلاق! لقد ماتت زوجتي منذ زمن ولم نحظَ بالأبناء!

بدا التأثر على وجه الزوجة، بينما تحدث الزوج بذات اللهجة الآلية:

ـ هل نحضر لك طبيبًا؟

أجابه العجوز:

ـ ثمة طبيب يقطن في الجوار.. هل ترى تلك الغرفة؟ نعم تلك المضاءة.. ستجد داخلها التلفون ودليل الأرقام.. الدكتور مجدي علي.. إنه يعرفني.

دارت عينا الزوج من وجه العجوز إلى سماء الردهة المظلمة والسقف حيث تدلت منه بيوت العناكب، ثم الباب الخشبي للغرفة المضاءة، ذلك الضوء الذي أخذ يتذبذب بلا انقطاع.

ـ لا توجد كهرباء، إنها تنقطع دائمًا.. لذا الغرفة مضاءة بالشموع.

حمل الزوج قدمه من على الأرض، وخطا أول خطوة والغمامة تزداد ثقلًا وكثافة وتجعل تنفسه عسيرًا والرؤية شبه معدومة.

إنه يشعر أن تلك العاصفة في الخارج تعصف بروحه، تقتلعها من جذورها وتلقيها في دوامة من الغضب.

انتزع الكلمة كأنه ينتزع أحشاءه:

ـ سنتصل به.

جاءت الخطوة الثانية أقل صعوبة، ثم وجد نفسه ـ وببطء ـ يتجه نحو الغرفة.

وتبعته زوجته ببطء، ثم تشجعت وأسرعت لتسبقه إلى الغرفة، ثم زلزلت صرختها كل شيء: جدران المنزل، أعماق الرجل، عظام العجوز، بل والعاصفة ذاتها!

وانتفض الزوج مسرعًا إلى داخل الغرفة، لتبدأ الصورة في التكون في رأسه ببطء:

في الأول كانت الدماء... الدماء الجافة التي لوثت الفراش..

ثم الطفل الصغير الذي حمل وجهه شحوب الموتى وقد استلقى جسده على الفراش الملوث، وقد غطاه أحدهم بملاءة حملت بقعة ضخمة من الدماء الجافة.

وعلى الأرض كان السكين الذي تلوث نصله.

وانطلقت صرخة الزوجة مرة ثانية، وثالثة، ورابعة... إلى الأبد!

ولاشعوريًا وجد الزوج نفسه يرمق هذه المذبحة أمامه.. يتجه إلى السكين...

يرتكب الخطأ الفادح الخالد في عالم الجريمة.

التقط السكين بيده!

ثم التفت ليواجه فوهة بندقية العجوز!

على باب الغرفة وقف مستندًا إلى عكاز خشبي.. كومة من العظام الواهنة تحمل بندقية، وعينان يتطاير منهما الشرر!

وخرج صوته كدفعة من اللهب:

ـ أيها القاتل!

أخرست الكلمة صرخات الزوجة، وفجرت الذهول في ملامح الزوج، وتابع العجوز:

ـ قتلت حفيدي أيها الوغد! أيها السفاح!

سفاح! وغد! قتلت حفيدي!

ما الذي يريده هذا الأبله؟

وفتح الزوج فاه قائلًا:

ـ أنا.. لـ...!

قاطعه العجوز:

ـ اخرررسس...

وجذب إبرة البندقية ليطل الموت من فوهتها، والتمعت عيناه ببريق مجنون وهو يقول:

ـ الشرطة قادمة حالًا وستدفع الثمن!

ردد الزوج ذاهلًا:

ـ ثمن ماذا؟

ـ ثمن موت حفيدي! كلكم يجب أن تدفعوا الثمن.. ثمن معاناته.. المسكين عانى المرض طويلًا! لم أملك ثمن دوائه، ثمن لحم أقدمه إليه في الطعام، ولو قطعة صغيرة من اللحم! كل ما استطعته أن أريحه! منحته الراحة، والآن أطلب الانتقام.

ـ أنت.. قتلته؟!

ـ وأنت أمسكت السكين وكسرت ساقي!

ـ لهذا ألقيت بنفسك أمام السيارة؟!

ابتسم العجوز ابتسامة مقيتة، وقال:

ـ هذا أمتع ما حدث! الوقوف على جانب الطريق.. إلقاء كيس من الدماء على الزجاج.. ثم...

ثم ألقى العجوز العكاز الخشبي!

وكومضات أخذت الصور تظهر وتختفي في ذهن الزوج: وجه العجوز، إذ سقطت عليه أضواء السيارة.. الدماء تصطدم بزجاج السيارة.. ثم الجسد ملقى على الطريق.. يا للحماقة! إنه لم يرَ نقطة دم واحدة تسيل منه!

والآن يقف ممسكًا بالسكين، أمام فوهة البندقية التي يحملها الوغد العجوز، والشرطة قادمة!

السكين في يده!

ربما لو طاشت أول طلقة من البندقية لوجد وقتًا كافيًا ليغمده في قلب العجوز.

ـ والآن، ألقِ السكين أرضًا!

قالها العجوز بابتسامة راضية فلم يجد الزوج مفرًّا من التنفيذ.

ـ عظيم! الشرطة ستصل بعد قليل!

دارت عينا الزوج في الغرفة: في ملامح العجوز القاسية، في جثة الطفل المخيفة، في زوجته التي أخذت تنتحب جواره غير مصدقة، ثم في الباب الذي غطته الظلال في الركن البعيد.. تُرى إلى أين يقود؟

حسنًا، إنه يقود إلى فكرة الهرب على أية حال.

ولكن هل يستطيع؟

عاد العجوز يهذي وهو يتقدم إلى داخل الغرفة:

ـ ربما تتساءلان: لماذا أنتما بالتحديد؟ حسنًا، لقد كانت ضربة قدر، وكان من الممكن أن يكون أي أحد آخر و... وتعثر العجوز في عكازه الخشبي ليسقط أرضًا.

ومرت لحظة الاختيار كالوميض في ذهن الزوج: هل يهرع من الباب في ركن الغرفة أم ينقض على العجوز وينتزع منه البندقية؟ لو تحرك بالسرعة الكا...

ولكن العجوز ساعده على حسم قراره عندما ضغطت يده زناد البندقية لتنطلق رصاصة طائشة، اخترقت السقف!

وعلى الفور قبض الزوج على يد زوجته وجذبها صارخًا:

ـ اتبعيني!

ودلف على الفور عبر الباب الذي قاده إلى سلم مظلم لم يتبين سوى أول ثلاث درجات منه.

فأخذ يتحسس الدرج بقدميه وقد أعماه الظلام تمامًا.. لكن، مَن قال إن هناك خيارًا آخر؟ هبط الدرجات الثلاث ثم هوى! هوى عبر السلم المحطم جاذبًا زوجته معه، زوجته التي أطلقت صرخة رعب مريعة قبل أن تسقط معه على أرض القبو، لتفقد وعيها على الفور.. أو ربما ما هو أكثر!

أما هو، فعلى الرغم من الارتفاع المنخفض الذي سقط منه إلا أنه شعر بعظامه كلها تئن ألمًا وهو يحاول أن ينهض.

ـ تمامًا كما توقَّعت.

دوى صوت العجوز، ثم سطعت الأنوار بغتة، فأغمض الزوج عينيه متألمًا.

وتابع العجوز:

ـ تمامًا كما يحدث كل مرة!

فتح الزوج عينيه في بطء، والكلمة الأخيرة تتردد في أذنيه. كما يحدث كل مرة!

ثم شهق بعنف عندما سقطت عيناه على القبو من حوله.

على العظام، على الدماء، على البقايا الآدمية المتعفنة، على الغاز الوردي الذي تدفَّق من أركان القبو.

وقال العجوز:

ـ نعم، إنه غاز منوِّم، وعندما أعود ستكون جاهزًا!

واختفى من مكانه تاركًا الزوج ورأسه يدور بشدة! الآن فقط فهم كل شيء بعد فوات الأوان و...

مهلًا.. الدماء.. الآن فهم حقًّا.. لقد كان الأمر خدعة و...

وشهق أخيرًا، ثم سقط مغشيًّا عليه.. وإلى الأبد!

وفي الأعلى، وعندما عاد العجوز حاملًا سكينًا ضخمًا وسلمًا من الحبال، رمق الطفل الصغير الذي فتح عينيه بإعياء، فترك ما معه على الفور وانتزع الملاءة المغطاة بالدماء، ليضع على جسد الطفل واحدة أخرى نظيفة.

وبالإعياء الذي أطل من عينيه قال الطفل:

ـ جدي، أنا جائع!

ربت العجوز على وجهه برقة، وقال:

ـ على الفور يا صغيري.. سأحضر لك العشاء حالًا.

وتناول السكين الضخم، وفرد سلم الحبال من مدخل القبو، متابعًا في رضا:

ـ سيكون هناك لحم على العشاء!

واتسعت ابتسامته الراضية أكثر.

مرحبًا

هل يحب أحدكم «موتسارت»؟ حسناً.. أنا لا أحبه!

* * *

وضع الجرامافون الثقيل أمامه وجلس.. لقد كانت صفقة جيدة مع التاجر على كل حال.. ومع ذلك فهو لا يدري سببًا محددًا لشرائه.

ربما لغرابة الفكرة.. ربما لأن شكله العتيق جذاب.. أو ربما لأن المطلقين حديثًا يفعلون أشياء غريبة حقًّا!

أيًّا كان السبب، إنه جالس الآن في منزله ـ الذي أصبح خاويًا إلا منه ـ يدخن بشرود، والجرامافون جاثم أمامه منتظرًا أي ردة فعل منه.

وكان ذهنه شاردًا في فكرة غريبة: أن يحتل جرامافون عتيق مكان زوجته بالمنزل.. ألا يبدو الموقف أكثر هدوءًا بالرغم من كل شيء؟!

لقد كان هناك كثير من الصراخ والجدل والغضب في الفترة

الأخيرة من زواجه، قبل أن يحسم الأمر أخيرًا، ويتخذ القرار الذي شعر أنه كان يجب أن يتخذه منذ البداية... الطلاق.

ومرت الأمور بسلاسة غير متوقعة هذه المرَّة، بضعة إجراءات وأوراق وكثير من الأثاث الذي أخذته زوجته في ذهابها الذي بلا رجعة، وها هو يجلس الآن وحيدًا في شقة شبه خاوية، يحدق في جرامافون عتيق، ابتاعه منذ ساعات من تاجر للعاديات، لسبب لا يعلمه إلا الله!

أخذ يحدق في الجرامافون بانتباه شديد، ثم في الأسطوانة التي حملت بحروف إنجليزية كلاسيكية الخط كلمة «موتسارت»، والتي منحها له التاجر بلا اكتراث مرددًا:

ـ لقد كانت مع الجرامافون.. خذها بدون مقابل!

للحظة فكر: «موتسارت»؟ إنني لا أحب «موتسارت»، بل إنني لا أحب الموسيقى الكلاسيكية أصلًا! ثم لم يلبث أن عدل عن هذا مغمغمًا:

ـ ولمَ لا؟ إنني لا أملك غيرها على أية حال!

وهكذا وضع الأسطوانة في الجرامافون.. وضع إبرة الجرامافون على الأسطوانة، لتنبعث موسيقى «موتسارت» تملأ الفراغ من حوله.

وعاد هو إلى شروده مشعلًا سيجارة جديدة.. وعلى أنغام «موتسارت» بدأ يتذكر...

تذكَّر كيف رأى زوجته أول مرَّة.. أيام كانت وديعة لا يعلو صوتها على الهمس إلا قليلًا.. أيام كان وجهها يتورد خجلًا إذا قال لها «أحبك».. تذكَّر أيام الخطوبة، ابتسامتها عند اللقاء، واللهفة في عينيها إذ يفترقان على وعد بلقاء جديد.

تذكر كيـ...

ـ مرحبًا.

باغته الصوت الأنثوي الذي انتزعه من أفكاره وجعله ينتفض، مسقطًا السيجارة من بين أصابعه، ليحدق في الجرامافون ذاهلًا. كانت الموسيقى قد توقفت والأسطوانة تدور أمامه بلا توقف.

هل توهم؟

ربما!

بتثاقل أطفأ السيجارة بضغطة من حذائه، وأعاد إبرة الجرامافون إلى بداية الأسطوانة لتنساب الموسيقى مجددًا ولتنساب معها أفكاره.

على الأقل إنه ليس صوت زوجته!

زوجته التي بدأت تكشف وجهها الحقيقي بعد الزواج ببضعة أيام.

أشعل سيجارة، نفث دخانها في صمت، وبدأ يحاول تخيل وجه زوجته في الدخان المتراقص أمامه. ظهر له الوجه المتورد لحظة خاطفة ثم تلوى الدخان، وتلوت معه ملامح زوجته وفي ذهنه آخر حوار دار بينهما:

ـ طلقني أيها الأحمق، لو أنك ما زلت تحتفظ بكرامتك!

ـ مني، لا تجبريني على اتخاذ رد فعل تندمين عليه!

ـ إنني لم أندم إلا على زواجي منك!

ـ هكذا إذن! أنت...

ـ مرحبًا.

جاءت الانتفاضة أعنف هذه المرَّة وهو يحدق ذاهلًا في الجرامافون الذي انبعثت منه الكلمة واضحة وصداها يرن في أذنه.

كانت موسيقى «موتسارت» قد انتهت، وأخذت الأسطوانة تدور بلا نهاية، مصدرة صوتًا رتيبًا تسللت كلمة «مرحبًا» فيه!

وبحذر اقترب من الجرامافون، ومد أصابعه تجاه الأسطوانة بحذر أشد.. حاول أن...

ـ أنا اسمي عزة.

دوى الصوت الأنثوي الودود من الجرامافون ليجعله يقفز إلى الخلف مبهوتًا.

إنه لم يخطئ إذن! ولكن...

ولكن الأسطوانة انتهت فكيف ينبعث الصوت إذن؟

ـ كيف إذن؟

دوى صوت أنثوي آخر، حملت نبراته بدلًا من الود توترًا وذهولًا واضحين انتقلت عدواهما إليه، فجلس محدقًا في الجرامافون.

عاد الصوت الودود يقول:

ـ أرجوكِ لا تخافي.

صرخ الصوت الآخر:

ـ يا إلهي! من أين أتيت؟

تحدث الصوت الأنثوي الودود مجيبًا:

ـ أعرف أن هذا يبدو عسيرًا على التصديق ولكنـ... ولكنني...

وانقطع الصوت بغتة!

ولم يخرج هو من ذهوله إلا عندما لسعت السيجارة أنامله، ليبدأ في التحديق ذاهلًا في الأسطوانة التي أخذت تدور مطلقة هذا الصوت الرتيب.

ثم همس:

ـ تُرى هل...؟

ولكن الصوت لم يأتِ هذه المرَّة.

تُرى هل توهمت؟

هكذا فكر ليصيبه هذا بالعصبية، وليدفعه إلى أن يضع إبرة الجرامافون على بداية الأسطوانة مجددًا لتتخلل أفكاره موسيقى «موتسارت».

وعاد هو يجلس مشعلًا سيجارة ثالثة، منتظرًا انتهاء الموسيقى التي بدت له وكأنها لن تنتهي إلا بانتهاء حياته هو!

يا إلهي! لكم أكره الموسيقى الكلاسيكية!

وخصوصًا هذا الـ«موتسارت»!

ثم انتهت الموسيقى أخيرًا ليتنفس الصعداء، وليبدأ في الإصغاء شاحذًا كل اهتمامه.. الصوت الرتيب لدوران الأسطوانة.. ثم، وبعد أن كاد يفقد أعصابه تمامًا...

الصوت الأنثوي المتوتر:

ـ إن هذا يبدو عسيرًا على التصديق بحق!

الصوت الودود:

ـ أعرف، لكنها الحقيقة.

الصوت المتوتر يقول بحذر:

ـ حسنًا يا عزة! كيف بدأ الأمر إذن؟

الصوت الودود يجيب:

ـ لقد كان خطأ مني منذ البداية.. لقد تزوجت رجلًا مخبولًا! ضايقت الكلمة الأخيرة غريزة الرجولة داخله، لكنه حاول تجاهلها، راسمًا في خياله صورة لما يسمعه الآن.. صاحبة الصوت الودود ترتدي الأبيض، وتجلس أمام صاحبة الصوت المتوتر والجرامافون إلى جوارهما.. بالتأكيد كان هناك جرامافون.

صاحبة الصوت الودود تقول:

ـ لقد بدأ كل شيء منذ عشرة أعوام عندما قررت فجأة التصدي لرغبة والدي والزواج من زميلي في الجامعة، لم أفكر حينها لماذا فعلت هذا، هل لأنني أحبه حقًا أم لمجرد تنفيذ رغبتي؟ ولكن البكاء على اللبن المسكوب ضرب من الجنون! وهكذا وجدتني أبدأ حياتي مع مراد!

تحدثت صاحبة الصوت المتوتر ليجتاح توترها بعض الملل:

ـ إلى هنا تبدو القصة تقليدية.

ولا بد أن صاحبة الصوت الودود قد ابتسمت قبل أن تجيب:

ـ أعرف، شديدة التقليدية، حتى بدأ هو يدمن الخمر! هل رأيت يا سيدتي من يدمن الخمر من قبل؟ لا. إذن دعيني أؤكد لك أنه يكون مجنونًا تمامًا وخطرًا.. خطرًا إلى حد لم أدركه إلا متأخرًا.. جدًّا.

ـ كيف؟

ـ بدأ الأمر معه بالتأخر.. كان يأتي كل ليلة والفجر يرسم خطوطه الأولى في السماء، وكنت أنتظر أنا جالسة على مقعد أمارس هوايتي في التريكو والجرامافون يبث أنغام «موتسارت»! رباه كم أعشقه!

ـ زوجك؟

لا بد أن الامتعاض ظهر على ملامح صاحبة الصوت الودود وهي تجيب:

ـ بل «موتسارت» بالطبع! تصوري! تصوري، كان يكره «موتسارت» إلى حد الجنون! مجرد وغد آخر لا يحب «موتسارت»!

ـ إحم! لكنني أيضًا لا أحب «موتسارت»!

ساد الصمت للحظات بعد كلمتها.. وفي ذهنه هو تخيل صاحبة الصوت الودود ترمقها بنظرة مبهمة قبل أن تقول:

ـ ثم جاءت تلك الليلة التي حاولت فيها الاعتراض، وكان

هو قد فقد عقله تمامًا، ولم أتخيل رد فعله.. لقد انفجر.. ودفعت أنا الثمن!

ـ ما.. الذي.. فعله.. بالضبط؟

ـ أخذ يصرخ أولًا.. صرخ وسب ولعن وهذى، فانفجرت أنا الأخرى لأطلب منه الطلاق.. لم أتصور حينها أنني أثرته إلى هذا الحد، لكنني فعلت.. وهاك ما فعله بالضبط: لقد ألقاني أرضًا وحمل الجرامافون الثقيل ليهوي به على ظهري! هوى به مرَّة ثانية وثالثة حتى كسر عمودي الفقري ليشلني تمامًا، ثم أخذ أسطوانة «موتسارت» التي تحطمت تمامًا وهوى بالطرف الحاد المكسور على عنقي! لقد بدا لي الأمر حينها أنه أخذ يهوي إلى الأبد! الشرطة قالت بعدها إنه لم يتوقف حتى فصل رأسي عن جسدي!

ـ يا إلهي! لكن.. سيدة عزة ما الذي تفعلينه؟

ـ دعيني أكمل لكِ أولًا.. لقد قتلني، لكنني عدت كما قلت لكِ! أعرف أن الأمر عسير التصديق لكنني عدت، وجعلته يدفع الثمن!

بدا الصوت المتوتر يختنق وهو يقول:

ـ ما.. الذي تفعليـ..نه.. بالضبط؟

ـ أكرر ما فعلته معه تمامًا.. لقد كنت أهوى التريكو كما قلت لكِ، لا تتصورين، كما لم أتصور أنا، ما الذي يمكن فعله بإبرة تريكو.. لقد غرست الإبرة في عنقه.. بل إن يدي

كلها غاصت في عنقه! للشبح إمكانيات كما تعرفين..
ثم أدرت الخيط حول شرايينه العنقية، وأدرت الخيط
مرَّة أخرى لأصنع أنشوطة كالتي يستخدمها رعاة البقر..
ثم بدأت أجذب الخيط لتضييق الحلقة حول شرايينه!
لقد تألم كثيرًا! الوغد الحقير تألم كثيرًا وأنا أضيق الحلقة
أكثر فأكثر!

هز الصوت المتوتر أعصابه وهو يجاهد ليصرخ قائلًا:

ـ عزة أرجوكِ، كفى!

إنها.. إنها ـ صاحبة الصوت الودود ـ تكرر معها ما فعلته
بزوجها!

يستطيع الآن أن يتخيلها تجذب الحبل الخارج من عنق
صاحبة الصوت المتوتر ببطء! وواصلت صاحبة الصوت الودود:

ـ لكن هذا لم يكن المؤلم.. ليس مؤلمًا كفاية كيفما أردت!
لذا أرخيت الخيط لحظة ثم.. ثم جذبته فجأة بكل قوتي.

وشهقت صاحبة الصوت المتوتر.

فجأة ومرَّة أخيرة!

واكتست الصورة التي رسمها في ذهنه بالدماء.. دماء تفجرت
من حلق صاحبة الصوت المتوتر وأسفل جلد عنقها، إذ تمزقت
شرايينها لتغرق ملابسها وعينيها الجاحظتين، ولسانها المتدلي
مع الدماء يعلنان كلمة النهاية.

نهاية حياتها!

وفي ذهنه ارتسم تعبير قاسٍ على وجه صاحبة الصوت الودود وهي تفلت الخيط قائلة:

ـ أعرف أنك على الأقل تريدين أن تعرفي لماذا.. حسنًا، السبب لأنكِ كنت تكرهين «موتسارت» تمامًا كما كان يفعل هو! هذا هو السبب!

وتوقف الصوت أخيرًا.

فقط الصوت الرتيب لدوران الأسطوانة.

أسطوانة «موتسارت».. «موتسارت» الذي يكرهه! يكرهه!

هو أيضًا يكره «موتسارت»! هو أيضًا ابتاع الجرامافون! هو أيضًا سمع القصة!

هو أيضًا عاجز عن الحركة الآن!

عاجز حتى عن إلقاء السيجارة التي تحرق أنامله الآن!

عاجز عن الالتفات إلى صاحبة الصوت الودود، التي ترتدي الأبيض، ممسكة إبرة تريكو يتدلى منها خيط، والتي ظهرت على المقعد المجاور له بغتة، لتقول:

ـ مرحبًا.

وازداد صوتها ودًّا وهي تقول:

ـ أنا اسمي عزة.. أعرف أن هذا عسير التصديق، ولكنـ... ولكنني.. شبح.

* * *

عندما اكتُشفت الجثة بعد ذلك ببضعة أيام، وقف هذان الشرطيان الشابان وأولهما يقول محدقًا في الجثة المغطاة بملاءة بيضاء مظهرة بقعة دماء واضحة في منطقة العنق والرأس:

ـ طريقة عجيبة في الانتحار حقًّا!

ـ المطلقون حديثًا يفعلون أشياء لا تُصدق!

ـ ويبدو أنه فعلها على موسيقى «موتسارت»!

مط الشرطي شفتيه قبل أن يقول:

ـ هل تحب «موتسارت»؟ حسنًا، أنا لا أحبه!

خطوات

«كنت أسمع تلك الخطوات.. كنت أسمعها كل ليلة».

* * *

اليوم أحتفل بمرور عامين على وحدتي.

أن تعيش وحدك، فهى تجربة قاسية.. تجربة فريدة.. تجربة ممتعة.

أن تعيش وحدك فهذا هو الكمال في حد ذاته.

أن تعيش في شقة بمفردك، دون أصدقاء أو أهل أو أقارب أو حتى هاتف يقطع خلوتك الذاتية برنين مزعج، هذا هو ما كنت أصبو إليه، وهذا هو ما حصلت عليه.

يغلفني الصمت التام.. صمت لا يلوثه حتى ضوء الشمس، فلقد دققت ألواحًا خشبية على جميع النوافذ، لأصنع سجني الخاص الذي لا أملك فيه سوى كتابي، الوحيد أيضًا، أقرأ فيه كل ليلة دون أن ينتهي.

أستيقظ كل يوم لأجلس ساعات طويلة على الفراش، لا أملك

حتى القدرة على معرفة إن كان الوقت ليلًا أو نهارًا، ولا أبرح مكاني إلا لتلبية ضروراتي القصوى، ثم أفتح كتابي وأبدأ في القراءة حتى يغلبني النعاس، فلا ألتقي بأحد إلا في أحلام مضطربة أستيقظ منها والعرق اللزج يغمرني، عاجزًا عن تذكر ما كنت أحلم به.

هذه هي حياتي بلا زيادة أو نقصان.

لماذا اخترت هذا النمط من الحياة؟ لا أذكر.. كنت أذكر السبب في مرحلة من مراحل وحدتي، لكن كل الأسباب وكل المنطق ذابت في أطنان الصمت الذي يحيط بي من كل جانب.

صمت طويل مستمر ثقيل مقدس.. أشك أنني لو حاولت أن أصدر صوتًا، فلن أستطيع أن أبدد جزءًا من هذا الصمت.

كنت أحدث نفسي في مرحلة من مراحل وحدتي هذه، وهي عادة تحتاج إلى تدريب وإصرار لتكتسبها، وإلى مزيد من الصمت لتتوقف عنها، بعد هذا لن يتبقى لك شيء.

في المرحلة التي وصلت لها، ستدرك أن الجدوى من أي شيء.. لا شيء!

ستصل إلى حالة لم يصل إليها كاهن قضى نصف عمره في التبت، وستبدأ الموجودات من حولك تتحول إلى صور ثنائية الأبعاد، غير ذات قيمة أو لون.

مجرد ظلال صامتة هي الأخرى.. وفي النهاية.. مزيد من الصمت والوحدة.

أصبحت عاجزًا عن التفكير في أي شيء، أو تذكر أي حدث مررت به، قبل أن أدفن نفسي في عزلتي الاختيارية هذه.

حتى الكتاب الذي أقرأ فيه كل ليلة، أستيقظ دون أن أتذكر حرفًا واحدًا مما قرأته.

لكني لم أتوقف عن القراءة.. لا يوجد شيء آخر لأفعله.

لا مذياع.. لا تلفاز.. لا صحف.. ولا أنزل حتى من المنزل لأشتري شيئًا من الطعام، فلديَّ هنا ما يكفيني لأعوام مقبلة.

ولديَّ الكتاب والوحدة والصمت.. أنا أغنى رجل في تاريخ البشرية إذن!

دخنت لفترة على سبيل التغيير، لكن سحب الدخان المتراكمة مع نقص التهوية، أجبرتني على التوقف، وها أنا قد نجحت فيما عجز عنه أي مدخن آخر.

على كل حال لست هنا لأصف لك سعادتي المفرطة ولا بؤسي المتراكم، أنا هنا لأحكي لك ما حدث ـ لا يعني هذا أنك تهمني في شيء! ـ لعلي أفهم.

مشكلتي بدأت حسبما أذكر... أذكر... حتى هذا لا أذكره على وجه الدقة، لكني أعرف أن الوقت كان ليلًا حينها، وأنني كنت أقرأ في كتابي كالمعتاد.

والذي حدث هو أنني سمعت تلك الخطوات لأول مرَّة.

خطوات ثقيلة.. خطوات واثقة.. خطوات أنثوية لحذاء ذي كعب معدني، أخذت تصعد الدرج متجهة إلى أعلى...

إلى شقتي!

أذكر أنني انتفضت حينها، فأنا لم أعرف زوارًا منذ جئت إلى هنا، ولم أعتد أن يصعد أحد إلى شقتي، فهي في الطابق الأخير، ولم يجرؤ أحد من الجيران على محاولة التعرف إليَّ، لذا... لكن مهلًا...

هذه الخطوات تتجاوز الشقة، لتسير قليلًا في الممر أمام المنزل، ثم ها هي تواصل الصعود إلى السطح، ولكن... ولكن كيف؟

باب السطح مغلق ببوابة معدنية صدئة، لم ينجح أحد في فتحها من قبل، فإلى أين تذهب صاحبة تلك الخطوات؟

أذكر أنني ألصقت أذني بباب الشقة مصغيًا إلى صوت الخطوات تواصل طريقها إلى الأعلى، ثم ارتجفت حين سمعت صوت الباب المعدني يفتح بصرير مخيف لأول مرَّة منذ جئت إلى هنا!

مَن هذه المرأة؟ وكيف فتحت الباب بمفردها؟

سؤالان لم أحاول التفكير في إجابتهما طويلًا، قبل أن أعود لأغوص في وحدتي وصمتي، ولكن ما حدث بعد هذا كان جديرًا بإثارة فضولي أكثر فأكثر.

الخطوات الأنثوية الثقيلة بدأت تدق السقف فوق رأسي، ثم سمعت الصوت المعدني المميز لسلسلة مفاتيح تتراقص في أصابع صاحبها، ثم صرير فتح الباب مجددًا.

باب آخر في السطح الذي أعرف يقينًا أنه خالٍ تمامًا، لا توجد فيه ولو غرفة ذات باب لتُفتح!

لم تتوقف الأصوات عند هذا الحد، بل تحركت الخطوات قليلًا، يصاحبها صوت إغلاق الباب الثاني، كأن صاحبة هذه الخطوات دخلت شقتها، وأغلقت الباب خلفها.

لكن... لكن... لكن لا توجد شقة في الأعلى!

صمتت الأصوات عند هذا الحد، وعاد الصمت المقدس يغمرني من كل اتجاه، لكن صخب الأسئلة في رأسي كان مدويًا بحق، فلم أستطع النوم في هذه المرَّة.

كيف فتحت الباب المعدني؟

إلى أين دخلت؟ وما الذي تفعله في الأعلى؟

مَن هي أصلًا؟

بالطبع لم أحصل على إجابة واحدة لأي من هذه التساؤلات، فعدت لكتابي الأثير، أقرأ فيه حتى غلبني النعاس.. إلى هذا الحد يكاد الأمر يبدو سخيفًا مكررًا، لكن ما حدث بعد ذلك لم يكن كذلك.

أبدًا.

* * *

في اليوم التالي استيقظت والعرق اللزج يغمرني، شاعرًا بثقل على صدري يكتم أنفاسي.. هذه الشقة تحتاج للتهوية حتمًا..

لكن لا.. الهواء الذي سيدخل سيحمل معه أطنانًا من ضوضاء لم أعد قادرًا على احتمالها.

أذكر أن شيئًا ما غريبًا حدث في الليلة الماضية، لكني لا أذكر ما الذي حدث بالضبط.

سنوات الصمت أحالت ذاكرتي إلى مصفاة لا تُبقي على شيء، وها أنا لا أحمل من ذكريات الليلة الماضية سوى صورة مشوشة لحذاء أنثوي ذي كعب معدني، دون أن أملك القدرة على تذكر ما الذي تعنيه هذه الصورة.

شرحت لك يومي من قبل، لذا لن أطيل عليك، بل سأقفز مباشرة إلى النقطة التي أعرف جيدًا أنك توقعتها.

لقد سمعت الخطوات مجددًا.

خطوات بطيئة.. خطوات مهيبة.. خطوات تصعد.

تتابع الأصوات بعد ذلك، حدث كالمرَّة الأولى تمامًا.. الصرير المعدني.. سلسلة المفاتيح.. باب يُفتح ويُغلق، والخطوات تدق السقف طيلة الوقت كأنها ستهوي به.

ثم بدأ صوت الخطوات يتعالى، والأسوأ.. يتزايد!

نعم أصبح صوت الخطوات لأكثر من شخص.. ثلاثة أو أربعة.. لا يمكنني التمييز بدقة، لكني أثق جيدًا أنني سمعت الخطوات الأنثوية وحدها.. أكرر وحدها.. تصعد.

إذن.. خطوات مَن هذه؟

تراكم الأسئلة نقلني إلى تلك الحالة الخاصة التي يعرفها كل من عاش بمفرده تمامًا لعدة أعوام، إذ أصبح في رأسي أكثر من «أنا»، وكلهم يتناقشون معي بصوت مرتفع، يبحثون عن إجابات لهذه الأسئلة:

ـ ربما صعد آخرون في وقت مبكر حين كنت نائمًا.

ـ ربما هو صوت شخص واحد يتحرك بسرعة.

ـ مستحيل أن يكون شخصًا واحدًا! أنا أسمع خطوات كفيلة بهدم السقف على رأسي!

ـ ربما أنا أهذي.. نعم.. كل هذا الوقت بمفردي أصابني بالجنون أخيرًا!

ـ ربما.. لكن.. لا.. أنا أهذي.

لا يوجد أحد.. لا توجد خطوات.. أنا أتوهم هذا كله.

نعم.

لو صدَّقت هذه الفكرة ستختفي الأصوات.. سيعود الصمت.. سينتهي كل شيء.

فتحت كتابي، وأخذت أنظر في الصفحات محاولًا التركيز، وقد بدأ صوت الخطوات يبتعد تدريجيًا. الصمت يعود ليغلفني.. كلٌّ يعود لطبيعته.

ثم دوت الصرخة الرهيبة لتمزق غلاف الصمت حولي! وإلى الأبد!

* * *

أنت الآن تراني أقف أمام باب الشقة أنتظر.. أمسك سكين المطبخ ـ سلاحي الوحيد ـ تحسبًا لأي احتمال.

لا تسألني كيف نمت الليلة الماضية، وكيف استطعت مقاومة صدى الصرخة الذي أخذ يتردد في أذني حتى الآن.

حين تمضي كل هذا الوقت بمفردك يغدو كل شيء ممكنًا، وكل ما تحتاج إليه هو قليل من التركيز.

التركيييييز!

لكني كنت أعرف أن الأمر لن يتوقف عند هذا الحد.. كنت أعرف ـ مثلك تمامًا ـ أن الخطوات ستعود.

وستصعد.

لم تكن لديَّ أي فكرة عن الذي سأفعله بالضبط، ولكني أثق في أنني لن أقف ساكنًا هذه المرَّة، لذا...

لذا ها أنا أقف أمام باب الشقة منذ استيقظت، أقبض على سكين المطبخ الصدئ وأنتظر.

أنتظر الخطوات.

لم يعد الصمت يغلفني، فضربات قلبي في صدري كانت تدوي في أذني بضجيج مؤلم.

ضجيج لن يتوقف إلا لو حدثت النهاية التي أخشاها.

كيف لم أنسَ ما حدث الليلة الماضية كما هي عادتي؟! حسنًا، أعرف أنه حل مجنون نوعًا ما.. لكني كتبت كل ما حدث على الجدار.

لا أحاول استيحاء عادات فرعونية قديمة، لكني لا أملك ورقًا هنا، ولم أكن أريد أن أنسى ما حدث، لأبقى في عذاب عدم فهمي إلى الأبد.. لذا ها أنا أقف أمام جدار كتبت عليه ملخص ما حدث الليلة الماضية.. ملخصًا رديئًا.. لكنه يكفي.

أعرف أنك تتساءل الآن عن الذي حدث ليلة أمس، بعد دوي الصرخة.

أعرف لكني لا أملك ردًّا.. فلم يحدث شيء على الإطلاق! حتى جيراني ـ عليهم اللعنة ـ لم يتحرك أحدهم ليتحرى مصدر هذه الصرخة!

المهم أن الأصوات اختفت بعدها، وعاد الصمت ـ نسبيًّا ـ ليلتها، فأخذت أسجل على الحائط كل ما حدث.. لذا لا تستغرب لو رأيت كم علامات الاستفهام على الحائط.

وها أنا أنتظر خطوات الإجابة.

طال انتظاري، حتى كدت أعدل عن الفكرة كلها، ثم... ثم... ثم سمعت الخطوات تصعد.

خطوات مخيفة.. خطوات رهيبة.. خطوات قادمة نحوي.

كنت أرتجف حتى كاد السكين في يدي يسقط، لكني تحاملت على نفسي، لأفعل ما لم أفعله منذ سنوات.

أزحت رتاج الباب.. أمسكت بالمقبض.. التقطت نفسًا عميقًا.. ثم فتحت الباب.. فتحته قليلًا، ودسست رأسي في الفرجة الضيقة، لأرى ظلام الدرج، وصوت الخطوات يصعد.. ويقترب.. ويقترب.

ثم رأيتها لأول مرَّة.. يا إلهي.. لقد رأيتها!

كانت بلا وجه.. كان الشعر الأسود الطويل يغطي رأسها تمامًا.. وكانت ترتدي فستانًا أبيض اللون يشع بالضوء.. وكانت بلا ساقين!

كانت تحلق على الأرض كأنما تسير على وسادة هوائية، لكن صوت الخطوات كان يعلو من تحركها وهي تصعد متجهة نحوي.. نحوي أنا!

البرودة المخيفة تشل أطرافي.. السكين يسقط من يدى فعلًا.. وشعري ينتصب كقنفذ.. وهي تصعد مصدرة صوت الخطوات المخيف.

حين استدارت لتنظر إليَّ أخيرًا، انفجرت أنا في صراخ هستيري، وانتفض جسدي كله كأنما صعقني البرق، ويدي تتصرف تلقائيًا لتغلق الباب، ثم حملتني ساقاي إلى غرفة النوم، حيث تكومت في أحد الأركان، ضامًا ساقيَّ إلى صدري، وانفجرت في البكاء وأنا أرتجف.

أنا أهذي.. أنا أهذي.. أنا أهذي.

مستحيل أن يكون ما رأيته صحيحًا! مستحيل! مستحيل!

* * *

لم أجد في نفسي القدرة على كتابة ما حدث هذه الليلة، لذا نمت مكاني، واستيقظت في اليوم التالي عاجزًا عن تذكر ما حدث.

كنت لا زلت أرتجف.. شيء رهيب حدث ليلة أمس لكني لا أذكره.

فقط أذكر الخطوات.

كنت أسمع هذه الخطوات.. كنت أسمعها كل ليلة!

وكنت أعرف أنني سأسمعها مجددًا هذه الليلة.. وهذا ما حدث.. سمعت الخطوات تدق أعصابي في موعدها المعتاد، تصعد إلى أعلى، ثم تَتابع الأصوات المعتاد فوق السقف.

لا.. لن أسمح لهذه الخطوات بأن تدمر حياتي.. فلتكن خطوات الشيطان ذاته فلن يمسني بسوء، طالما أنا في شقتي لا أغادرها، وأنا لم أكن أنوي المغادرة بأي حال.

ما سأفعله الآن هو أنني سأجلس على فراشي كالمعتاد، وسأواصل القراءة في كتابي كما اعتدت أن أفعل كل ليلة.

وبالفعل، فتحت الكتاب محاولًا السيطرة على تلك الارتجافة التي تغمر جسدي وبدأت في القراءة، حتى سمعت ذلك الصوت الجديد.

صوت شيء حاد شق الهواء كأنه سيف هائل، ثم صوت الارتطام.

ثم سقطت أول قطرة دم من السقف على الكتاب المفتوح بين يديَّ!

ماذا تفعل لو كنت مكاني؟

هل تصرخ؟ هل تبكي؟ هل تهرب؟

حسنًا.. أنا لم أفعل!

أنا لم أجرؤ على فعل شيء!

فقط رفعت رأسي إلى السقف، لأرى دائرة تصبغ باللون الأحمر وصوت الصفير يتكرر مرة أخرى، لتسقط قطرة دم أخرى.

بليك...

لقد جُننت! أرجوك يا إلهي! لقد جُننت!

بليك...

هذه القطرة سقطت على رأسي، وها هي تسيل لزجة على جبهتي.

بليك...

صفير.. ارتطام.. قطرات...

وها أنا أسير الآن كالمأخوذ.. أغادر الفراش، الشقة، أصعد الدرج...

أصعد.. أصعد.. أصعد...

الباب المعدني مفتوح.. أدخل.. أراها ثانية...

وأرى السكين الضخم في يدها تسيل الدماء من على نصله.

تلتفت هي إليَّ، ويدوي صوتها في أذني:

ـ أبي.. لقد عدت.

ـ!!!!!!

* * *

ـ أبي.. لماذا ننسى؟

ـ لأن النسيان نعمة يا حبيبتي... النسيان نعمة.

* * *

دعني أحكي لك قصة رجل كان سعيدًا.

دعني أعرفك بـ«أنا» في وقت آخر.. أنا حين كنت زوجًا.. وأبًا!

أنت الآن تراني أدخل منزلي عائدًا من عملي، أحمل في يدي حقيبة الأوراق وبعض الفاكهة كأي زوج تقليدي.

أنت الآن ترى ملاكي الصغير رنا وهي تجري نحوي بأقدام مكتنزة طفولية تردد:

ـ بابا.. بابا...

أضع ما في يدي على أي شيء مسطَّح، وأستقبل طفلتي بين ذراعيَّ، أضمها بحرص، وأطبع على خدها قبلة صغيرة، وأداعب شعرها الناعم قائلًا:

ـ مرحبًا بصغيرتي الحلوة.

طفلتي لا تزال في الخامسة من العمر، وهي بالنسبة إليَّ، مباهج الدنيا كلها مجتمعة في جسد صغير.

زوج وزوجة وطفلة صغيرة.

مشهد تقليدي تمامًا، وأنا لم أعدك بأي نوع من التجديد.

لكني وأنا أتذكَّر الآن واقفًا على السطح، أرتجف بردًا وهلعًا، أراه لمحة من ماضٍ اندثر...

١٢٩

ماضٍ كنت فيه عاديًّا وتقليديًّا.. فكيف انتهى بي الحال بهذه الصورة؟

هذا هو السؤال.

***

زوجتي كانت امرأة طيبة.. تزوجتها بعد قصة حب مراهقة.. انتهت بأن أصبحت زوجتي، وانتهى الحب بأن أصبحنا صديقين يخوضان متاعب الحياة معًا.. ثم رزقنا برنا لتضيف إلى حياتنا معنى جديدًا، معنى جميلًا.

كانت رنا تتمتع بجمال ملائكي لا أعرف ممن ورثته، وكانت كل ضحكة تطلقها، تغسل هموم اليوم كله، وتمنحني سببًا جديدًا للاستمرار.

تمر علينا السنوات وتكبر رنا.

ها أنا الآن أراها فتاة صغيرة، تعود من المدرسة بمفردها، تحمل حقيبتها الصغيرة وتبتسم وهي تحكي لنا عن يومها.

ويمر الزمن كعادته...

تكبر هي ونكبر نحن.. يأخذ منا الزمن ويعطيها.

ابنتي الآن على أعتاب المراهقة والجامعة.. فاتنة كأميرة.. رقيقة كندف الثلج.. وهي تحب!

أنا أعرف هذا وأدركه جيدًا.. أسمعها تتنهد.. أراها تحلم.. أشعر بها طيلة الوقت.

لكنها لا تزال طفلة في نظري.. ولا تزال في السادسة عشرة من العمر في نظر المجتمع.. فأي نهاية تنتظرها لقصة الحب هذه؟

إن أفضل الافتراضات التي تملكها لن تتحقق إلا بعد سنوات طويلة، لذا حين جاءتني ذات ليلة، لتحدثني عن ذلك الذي اسمه رامي، حاولت شرح هذا كله لها.

حاولت وحاولت وحاولت.. فكانت النتيجة:

ـ إذا لم تزوجني من رامي.. فسأنتحر!

تقولها هي بصوت لم أسمعه منها من قبل، فتتحرك ذراعي لتطبع صفعة مدوية على وجهها.

أول وآخر صفعة لها.

تتجمع الدماء في وجهها وعينيها وفي قلبي.. وتتركني لتنفجر في البكاء في غرفتها، بينما أقف أنا جامدًا، لا أصدق ما اقترفته يداي.

لا بأس.. ستبكي قليلًا ثم ستنسى الموضوع كله.. إنها مراهقة، وكلنا مررنا بهذه الفترة، وكلنا أجدت معنا الصفعات نفعًا.

لا بأس.. حين تستيقظ ستكون قد نسيت ذلك الذي اسمه رامي.

أنا واثق من هذا.

لكن.. في تلك الليلة استيقظت على صراخ زوجتي.. وقبل أن أصل إليها كان قلبي قد أخبرني بما حدث.. لقد فعلتها!

الآن أنا أقف في غرفة ابنتي.. أصغي لصرخات زوجتي الهستيرية وهي تحتضن الجثة الغارقة في الدماء!
لقد فعلتها!

* * *

تدور الدنيا بي وأنا أرمق هذا المشهد، عاجزًا عن النطق وعن الحركة.

الآن فقدت آخر سبب كان يدفعني للاستمرار.. لقد فعلتها!

الآن أتمنى لو أنني متُّ ألف مرَّة، قبل أن أمنحها صفعة النهاية!

الآن أرى تلك الورقة التي تعلقت بيدها.. يدها التي خرجت من أوردتها المقطوعة دماء الحياة بلا رجعة:

حبيبتي.. لو فرقتنا الحياة، فعلى الموت أن يجمعنا إلى الأبد.

سأنتظرك.. إما في هذه الدنيا.. وإما في عالم الخلود.

رامي

يا للمراهقة! يا للمأساة!

كلنا قرأنا «روميو وجولييت» في مرحلة من مراحل حياتنا، لكن.. هل جربت أن تعيشها بنفسك؟

وفي أسوأ دور ممكن؟

أنا فعلت.. ودفعت الثمن!

* * *

لكن رامي لم يفعلها!

هذا ما عرفت لاحقًا! لا أحد في كلية ابنتي اسمه رامي انتحر!

لم ينتحر أحد سوى ابنتي! ابنتي أنا!

الوغد الجبان النذل لم يفعلها، لكنه ترك ابنتي تنزف حتى الموت وهي تردد اسمه!

سيدفع الثمن! أقسم إنه سيفعل!

* * *

هل جربت أن تقتل من قبل؟ لا.. إذن أصغِ لي جيدًا أيها الساذج.

أول ما عليك فعله هو أن تدرس ضحيتك جيدًا، لتنتقي أنسب وقت ممكن لتنفيذ هذه المهمة القذرة، وبالقدر الكافي من الأناقة التي ستجعلك لا تترك دليلًا واحدًا يشير إليك.

هذه مهمة صعبة بالمناسبة، لكنها الضرورة.. فلا يزال مشهد جثة ابنتي الغارقة في الدماء يطاردني كلما أغلقت عينيَّ، ولم أعد أستطيع الاحتمال!

هناك مشكلة أخرى عليك أن تتجاوزها نفسيًّا، وهي أنك ستقتل شخصًا...

شخصًا يحب ويكره ويفكر ويضحك وينام ويحلم ويصيب ويخطئ.. مثلك تمامًا.

وكل هذا سينتهي على يديك!

أنت ستضع حدًّا لحياته وربما لحياتك لو انكشف أمرك، لذا

عليك أن تفكر مليًّا.. أن تفكر طويلًا.. بعدها سيتحول الأمر، بالنسبة إليك، إلى مهمة عليك أن تنجزها، وسيتحول الشخص في مهمتك الرهيبة هذه إلى شيء تتخلص منه تمامًا ككتاب قديم مللت قراءته.

هكذا استغرقت في تفكير عميق، دام لأشهر طويلة، لم أخرج منه إلا لأدفن زوجتي التي ماتت حزنًا على ابنتها، لتنضم إليها في العالم الآخر، ولأتفرغ أنا لمهمتي الحتمية.

* * *

هنا يبدأ المرح الحقيقي.. وهنا تتأكد حقيقة أن لكل مأساة جانبًا كوميديًا قد يكون أكثر قسوة من المأساة ذاتها.

رامي مَن؟

عرفت أن في كلية ابنتي الراحلة أكثر من طالب يحمل هذا الاسم المقيت، رامي، لكن مَن منهم على وجه التحديد الذي أعطى ابنتي الدفعة الأخيرة على حافة النهاية؟

هذا سؤال مهم.. هذا سؤال منطقي.. هذا سؤال سيبرر للجميع موقفي حين أنفذ ما انتويت تنفيذه.

الحل إذن؟

هه.. لا بد أنك استنتجته مبتسمًا.. نعم.. ستصبح كلية تجارة هذا العام بلا «رامي».. أي رامي!

* * *

شبح ابنتي يتجه تجاهي بلا ساقين، والسكين في يدها لا يزال يقطر دمًا.. تردد بصوتها الحالم:

١٣٤

ـ أبي.. إنه أنا.

لكن لا.. سأركز.. سأركز.

نعم.. إنني الآن أتذكر.

أتذكر كيف قتلت أول «رامي».

* * *

كان اسمه رامي محمد.. كان عمره سبعة عشر عامًا.. كان في طريقه للمنزل.

كان يعيش في أحد الأحياء الفقيرة التي لم تسمع شوارعها لفظة «إضاءة»، وكانت هذه النقطة في صالحي.. كان يحمل في يده تلك الأكياس البلاستيكية السوداء التي تشي بأن الفاكهة هي محتواها، وكان هذا لحسن حظي، فهذا لن يعطيه فرصة للمقاومة وأنا لست بالشاب الفتي لأصارعه.

كان يمر من جواري وكله طمأنينة، فمن الذي يقلق من عجوز مثلي يسير بمفرده في ظلام الطريق؟ لكنه شعر.. في تلك اللحظة الأخيرة في عمره، وبعد أن تجاوزني بخطوتين، شعر بشيء ما، واستدار تجاهي ليجد يدي تغرس السكين لآخره في صدره، بينما يدي الأخرى تكمم فمه لتمنعه من الصراخ.

لثوانٍ تجمدت عيناه الجاحظتان على نظرة مزجت الهلع بالدهشة بالغضب بالألم، ثم تراخت يداه لتسقط الأكياس من يده، قبل أن يسقط هو كصخرة.

هكذا يموت الإنسان.. تخرج الروح ولا يتبقى سوى جسد سيبلى في التراب.

هكذا لم يعد هناك رامي محمد.. فقط جثة غارقة في الدماء.

أما أنا، فكنت قد أخذت كمًّا من الحبوب المهدئة منعني من الذعر.. نعم لقد قتلت إنسانًا، لكني لن أستوعب هذه الحقيقة حتى أعود إلى منزلي.

الآن أستعيد السكين لأدسه في ملابسي، وأبتعد بسرعة دون أن يشعر بي أحد.

الآن أتحول من أب مكلوم إلى قاتل.

* * *

لكنه لم يكن رامي المطلوب.. عرفت هذا حين زرت قبر ابنتي لأجد قصاصة ورق مكتوبًا عليها:

سأذكرك إلى الأبد.

رامي

إذن فعملي لم ينتهِ.. يتبقى ثلاثة يحملون هذا الاسم.. ثلاثة سينضمون إلى ابنتي في العالم الآخر.

* * *

قبل أن يتهمني أحدكم بالجنون، أؤكد أنني حاولت كثيرًا معرفة أي رامي الذي يجب أن يموت.. حاولت، وسألت صديقات ابنتي، وفتشت في أوراقها، لكنني لم أصل إلى شيء. لهذا دفع رامي غانم الثمن هو الآخر!

هذه المرَّة لم أجد سوى أن أنتظره في غرفة تبديل الملابس في النادي، فلقد كان من الطراز الذي لا يفارقه أصدقاؤه إلا في أثناء النوم وفي دورة المياه.. دخول النادي لم يكن صعبًا، لكن الوصول لغرفة الملابس لم يكن هينًا.. المهم أنني فعلتها.

كان غارقًا في العرق، وعضلاته تئن من مجهود المباراة التي خاضها منذ قليل.. كان هشًّا جدًّا، وكالعادة لم يتوقع من عجوز مثلي شرًّا.

لا أنكر أنني شعرت بالندم حين تدفقت دماؤه الحارة على يدي بعد أن غرست السكين في عنقه، لكن لا.. كلما تذكرت مشهد جثة ابنتي تأكدت من أنهم يستحقون.

كل من يحملون اسم رامي يستحقون!

* * *

وكان طبيعيًّا أن يلفت نشاطي هذا الانتباه.

اثنان في ذات الكلية يُقتلان طعنًا، وكلاهما يحمل ذات الاسم.. يبدو الأمر مثيرًا للشك.

هكذا بدأ الجميع في الحذر، وهكذا بدا أنه سيستحيل عليَّ أن أواصل انتقامي.

لكني أقسمت ألا أتوقف.. تبقى اثنان يحملان ذات الاسم، أحدهما السبب في موت ابنتي، وأنا لن أتركه يعيش ويتخرج ويتزوج ويحظى بالحياة التي حرم ابنتي منها!

أبدًا!

لقد كان رامي حسين يعيش بمفرده في شقة صغيرة في إحدى المناطق الراقية.. لقد كان حذرًا، فلم يفتح لي الباب حين زرته، بل أخذ يحدثني من وراء الباب بينما أنا أختلق الحجج ليفتح لي، ولم يفعلها إلا حين تظاهرت بأنني أصبت بأزمة قلبية، حينها لم يملك إلا أن يحملني إلى داخل شقته ليتصل بالإسعاف.

عجوز مسكين يصاب بأزمة قلبية أمام منزلك.. بالطبع ستساعده.. بالطبع ستعطيه ظهرك وأنت تتصل بالإسعاف.. بالطبع ستشهق ذاهلًا إذا اخترق سكينه ظهرك.. وبالطبع ستكون آخر كلمة ستنطقها هي:

ـ لماذا؟

ثم ستهوي كأي رامي آخر!

وبهذا، تبقى واحد فقط لتنتهي مهمتي، لينتهي انتقامي!

* * *

لكن رامي رشاد هرب!

هرب.. هرب.. هرب.. الوغد الحقير هرب!

ترك منزله والكلية واختفى.. هرب!

* * *

هكذا بدأت وحدتي.

بعد أشهر من البحث أصابني اليأس، فانزويت بمفردي في تلك الشقة التي أعيش فيها الآن.. كنت أهرب أنا الآخر. أهرب من الماضي، ومن الذكريات، ومن جرائمي، ومن فشلي.

ولأن النسيان نعمة، بدأت أنسى.

لم يعد معي سوى الوحدة، وكتابي الوحيد أقرأ فيه كل ليلة..

مهما طالت الأيام ستنتهي وسأموت هنا دون أن يشعر بي أحد!

هذا ما كنت أخطط له.

حتى سمعت الخطوات...

* * *

الآن أنا على السطح والدموع تسيل على وجنتيَّ ببطء.. لقد تذكرت كل شيء.

أما شبح ابنتي فمد يده تجاهي مرددًا:

ـ أبي، لقد انتهى الأمر!

تقول لها فأنتبه إلى الجسد الذي تكوم على السطح بلا حراك.. لا زلت أذكر هذا الوجه الذي أصبح الآن يحمل شحوب الموت وسخريته.

رامي رشاد!

لكن.. ما الذي أتى به إلى هنا؟

أجابت ابنتي عن السؤال دون أن أنطق به:

ـ لقد كان يبحث عنك!

ياااااااااااه! لهذا السبب اختفى، ليتتبع القاتل الذي يطارده!

لأشهر طويلة أخذ يقتفي أثري ويبحث عني ليقتلني قبل أن أقتله، وحين توصَّل إلى مخبئي ـ بمعجزة ما ـ بعد عام طويل من البحث، وجد شبح ابنتي في انتظاره.

١٣٩

ابنتي.. أنقذتني!

غالبت دموعي لأقول بصوت مبحوح:

ـ رنا.. أنا.. آسف!

لكن شبح ابنتي أخذ يتلاشى ببطء أمامي دون أن تجيب.. وعلى الأرض هوى السكين الذي كان في يدها ليملأ رنين سقوطه المعدني صمت الليل.

ـ أنا آسف يا ابنتي!

لكنها تتركني ولا تجيب.

الآن أسمع صوت خطوات تصعد إلى السطح.. يبدو أن الجيران على قيد الحياة برغم كل شيء.. سيبلغون السطح الآن ليجدوني جوار جثة رامي، وسيجدون السكين الملوث بدمائه جواري.. إنها النهاية إذن!

لكن لا يهم.. لقد انتهت مهمتي، ولم أعد أمقت الموت إلى هذه الدرجة.

ستكون محاكمة سريعة، بعدها السجن الانفرادي حيث أمارس وحدتي مجددًا، بعدها ستكون المشنقة.

لا بأس.. كل شيء سيكون على ما يرام.

الآن أسترخي بينما صوت خطوات الجيران يقترب.. ويقترب.. ويقترب.. و...

أن تقتل «الدون باتشيني»

اليوم عليَّ أن أقتل «دون ريكاردو باتشيني».

لست مجبرًا على اليوم، فالمهلة الممنوحة لي تمتد لثلاثة أيام من لحظة استلام المهمة، لكني اعتدت تنفيذ المهمة يوم تلقيها.. هذا يحافظ على سمعتي كقاتل محترف.. هذا يضمن لي أجرًا أفضل.

ثم إنني ـ كقاتل ـ أعرف أن الموت أرحم بكثير من انتظاره.. زميل مهنة حكى لي كيف أن أخذ يعد لقتل ذلك الهدف ليومين كاملين، خطط فيهما لكل تفصيلة، لينتهي به الأمر وقد انتحر الهدف خوفًا من موته المنتظر!

صدقني، الهدف دائمًا ما سيختار الموت في اليوم الأول.. ولولا أنني سأبدو مبالغًا لقلت إنني أستحق إكرامية ممن أقتلهم لأنني أفعلها في اليوم الأول.. لكن، لا بأس.. الأجر الذي يتقاضاه من هم مثلي كفيل بقتل حاسة الطمع عندنا.

اليوم عليَّ أن أقتل «دون باتشيني»، وهي مهمة ليست بالسهلة،

لكنك لا تتقاضى مليوني ليرة لتنفيذ المهمات السهلة.. فقط ضع في اعتبارك أن «دون باتشيني» هو واحد من زعماء العائلات الخمس التي تحكم إيطاليا، وأن تحت سلطته يعمل أكثر من ألفي رجل يكفي ثلاثة منهم لاحتلال أي منشأة عسكرية في البلاد، فـ«الدون» يعرف أن أعداءه كثر، وأن هناك العديد ممن سيرغبون أن يروه نائمًا مع الأسماك، وكوني تلقيت هذه المهمة يثبت أنه كان بعيد النظر حقًّا.

ويعني أن مهمتي ستكون خطرة للغاية.. هنا الخطأ لا يعني هروب الهدف فحسب، بل سيصل الأمر إلى أن يعلق رأسي على مدخل المدينة، وستوزع باقي أطرافي على زعماء إيطاليا كتذكار لذلك الأحمق الذي حاول اغتيال «الدون باتشيني».

وهذا ما يمنح عملي متعته!

نعم، أنا رجل أقضي يومي في القتل وهو ليس الخيار الوحيد لمن هم في عمري، لكني أحب مهنتي ولست أخجل من هذا.. أنا أحب مهنتي لأنني بارع فيها حقًّا.

الدليل أنه لا أحد يعرف هويتي على الرغم من أنني نفذت أكثر من ثلاثين مهمة حتى الآن.. لم يكتشفني أحد، لا الشرطة، ولا من قتلتهم، ولا حتى من يكلفونني بالمهام.

لو أردت أن أعمل لحسابك ذات يوم، عليك أن تكتب تفاصيل المهمة ـ شاملة السعر فلا أحب أن آتي في إثرك لو لم يعجبني السعر لاحقًا ـ وأن ترسل التفاصيل إلى «...». لو وافقت ستجد

رسالة في غرفة نومك ـ وهو نوع من استعراض القدرات لا أكثر ـ فيها السعر الذي سأوافق عليه، حينها ستضع نصف المبلغ في حساب بنكي يتغير بعد كل مهمة، والنصف الآخر بعد التنفيذ.

هكذا أكون أكثر أهل الأرض غموضًا!

قد أكون صديقك.. الرجل الذي تجلس جواره في المقهى.. جارك الذي لا يتحدث كثيرًا.. قد أكون أي شخص!

فقط حين تتذوق طعم رصاصتي ستعرف من أنا.

واليوم.. سأقتل «الدون باتشيني» ولن يوقفني أحد!

* * *

قواعد القتل بسيطة وواضحة:

أولًا: لا تتورط مع الهدف.

لا تتعرف عليه.. لا تحدثه.. لا تقابله وجهًا لوجه.. لا تنظر في عينيه حتى!

هكذا يظل الهدف هدفًا، وإلا أصبح بشريًا بالنسبة لك، ذا قلب ينبض يستحق الرحمة وأن يستمر في الحياة.

ثانيًا: اعرف أنك مهما كنت بارعًا أو ذكيًا، وأنه مهما كانت خطتك لتنفيذ المهمة محكمة، ستكون هناك لحظة يدرك فيها الهدف أنه سيموت حالًا.. لحظة سيتوقف فيها وكأنما همس الموت باسمه في أذنه.. لحظة لن تدركها حتى تشعر بها.. لحظة لو تجاوزتها أنت كقاتل، فاعرف أن مهمتك فشلت وأنه عليك أن تبتعد على الفور.

ثالثًا: أفضل وقت للقتل هو بعد تناول الطعام.

نعم.. نحن الإيطاليون لدينا هوس عجيب بالمطاعم، ولكل واحد منا مطعمه المفضل الذي لا يقل عنده أهمية عن منزله، ولو كنت من زعماء المافيا، فالمطعم بالنسبة لك هو أرضك المقدسة التي تعقد فيها اجتماعاتك وتتخذ فيها قراراتك.

لرجال الشرطة هنا تعبير شهير، وهو أن زعماء المافيا يمزقون إيطاليا بالشوكة والسكين، وهم في هذا محقون.. المهم أنه بعد أن تتناول الضحية وجبتها المفضلة، تصبح في حالة سلام نفسي مع الكون، وتصبح في أفضل حالة لتَلقي الرصاص.

لهذا يجب على أي قاتل محترف هنا أن يحمل دليلًا للمطاعم في المدينة، وأهم زبائن كل مطعم.. بهذا يمكنك أن تختصر الوقت، وبهذا يمكنك أن تعرف أن «الدون باتشيني» يحب أن يرتاد مطعم «كاستللو» يوميًّا.. وبهذا يمكنك أن تسترخي على بطنك على سطح المبنى المواجه للمطعم، في يدك بندقيتك المفضلة، ومن فمك تتدلى سيجارتك الأثيرة.. وبهذا يمكنك أن تنتظر اللحظة التي يخرج فيها «الدون باتشيني» من المطعم، يحيط به رجاله متأهبين لكل شيء وأي شيء، إلا لو كانت رصاصة تأتي من السماء.

بالطبع عليك أن تحتاط في هذه المهنة لبعض الأضرار الطبية.. فالانتظار في هذا الوضع لساعات طويلة يؤثر على فقرات العنق، ويصيب بنوع من الخدر في الأصابع، مما قد

يفقدك لحظتك الذهبية، لذا عليك بتمارين العنق كل صباح لتصبح أفضل قاتل في إيطاليا!

ثم إن الـ... لحظة.. لحظة.. ها هو «الدون» يخرج من المطعم.

ها هو بمعطفه الأنيق، والقبعة السوداء، وذلك الشارب الكث الأشيب الذي يخفي نصف وجهه، والنظارة الضخمة التي تخفي الباقي.

ها هو الآن وجبهته تملأ منظار بندقيتي، ننتظر معًا لحظتنا الذهبية.

اللحظة التي سيهمس فيها الموت باسمه والتي فيها سأرسله أنا إليه.

اللحظة التي يتوقف فيها عند باب المطعم، ويرفع وجهه تجاهي كأنما شعر بي و... و...

وأضغط أنا الزناد!

* * *

بعد أي مهمة أكرر ما أفعله بذات الحذافير.

أخفي البندقية في أي مكان في السطح على أن أعود لأستردها لاحقًا، وأنطلق إلى أقرب مقهى لأحتسي فنجانًا من القهوة المركزة، تاركًا الكل يبحث عني في كل مكان لا أتواجد فيه.

من الذي سيشك في رجل بسيط مثلي يحتسي القهوة في مكان عام؟

عادة ما يبحث رجال الهدف عني، ثم تأتي الشرطة لتواصل

البحث بحماس أقل، ثم وحين يأتي المساء يعود كل شيء لطبيعته، ويغسل أصحاب المطاعم الدماء من أمام أبوابهم، ليواصلوا عملهم مرة أخرى.

حينها أعود أنا إلى منزلي لأغتسل، ولأنعم بنوم هادئ طويل، وأستيقظ في اليوم التالي لآخذ ما تبقى من أجري، تاركًا جيراني يتساءلون: كيف يظل رجل لطيف مثلي بلا زواج حتى الآن؟

كأنني جننت لأتزوج!

على أية حال، أنا لم أحكِ لك هذا كله لأستعرض لك حياتي المعتادة، بل لسبب جعل من حياتي هذه رحلة بحث عن سؤال وحيد:

لقد قتلت «الدون باتشيني»..

فكيف ظهر إذن في اليوم التالي في مطعم «كاستللو»؟

* * *

عرفت أنه على قيد الحياة في اليوم التالي حين لم أجد نصف المبلغ الثاني في حسابي، بل وجدت رسالة تزعم أنني لم أنفذ المهمة المتفق عليها، وهي رسالة لم أكد أقرأها حتى عقدت العزم على أن أقتل من كلفني بهذه المهمة، فأي قاتل محترف يعرف أنه ينبغي أن يحافظ على سمعته، وأن يقتل الزبائن الذين لا يدفعون باقي الأتعاب.

لكن الرسالة كانت غريبة بحق.. لقد اشتممت في سطورها رائحة الغضب، والزبون لا يغضب إلا حين لا يحصل على ما

طلبه، لذا قررت أن أتأكد أولًا قبل أن أقتله.. لذا قررت أن أزور مسرح الجريمة.

هكذا تراني الآن في مطعم «كاستللو» أتناول حسائي بأبطأ ما يمكنني، منتظرًا شبح «الدون باتشيني» المزعوم.. أما «كاستللو» فأخذ يمارس هوايته في قص ما حدث بالأمس لرواد المطعم:

ـ لقد رأيته يسقط بعيني.. دفع الحساب وخرج من المطعم، ثم بووووووم.. وقبل أن يتحرك واحد من رجاله كان يسقط على الأرض ونافورة من الدماء تخرج من رأسه.. حزنت لأنني فقدت زبونًا مستديمًا مثله و...

ررررائع! لقد مات إذن وها هم يرددون قصة موته، فما الذي يزعمه من كلفني بالمهمة إذن؟!

ثم يا لسخافتي! كيف أشك في مصرع رجل قتلته بنفسي ورأيت دماءه تغرق قارعة الطريق بمنظار بندقيتي؟!

ـ ثم رأيته اليوم يدخل في موعده المعتاد، ويطلب طبقه المفضل كأن شيئًا لم يحدث! بل إنه لم يحمل حتى أثر جرح على رأسه! أعترف لك أنني خفت وكأنني أرى شبحًا.

!!!!!!

ما الذي يقوله هذا الأحمق؟!

ـ لكن في مهنتي هذه لا يهم إن كان شبحًا أم لا.. ما دام يدفع

الحساب فهو زبون.. ثم كيف يكون شبحًا ويلتهم كل هذه الكمية من الإسباجتي؟! إنني طباخ ماهر حقًّا، لكن ليس إلى درجة اجتذاب الموتى!

فيسأل أحد الزبائن:

ـ من الذي مات إذن؟

ـ هو.. أعني أنه لم يمت.. لست أعرف.. إنني لا أخرج من هنا كثيرًا لظروف عملي.. المهم الحساب يا سيدي الفاضل.. ما دام يدفع الحساب فليأتِ من الجحيم ذاته.. ثم إنه من السادة الكبار، وهؤلاء لا يموتون بسهولة!

لا يموتون بسهولة! رصاصة تخترق رأسه لا تكفي لقتله؟! ويقول الزبون:

ـ إنها تمثيلية إذن.. الرجل تظاهر بموته لسبب ما.. ربما ليبعد أنظار البعض عنه.

ـ ربما.. لكن لا بد أنه لم يقاوم جودة أطعمتنا، ليأتي إلينا اليوم هادمًا نظرية قتله هذه! المهم أنه يأتي وأن درجي يمتلئ بالليرات!

هنا لم أتمالك نفسي، لأقول:

ـ هل سمعت صوته؟ أعني.. أهو ذات الصوت الذي اعتدت سماعه؟

ففكر «كاستللو» للحظة قبل أن يجيب:

ـ لا أعرف.. «الدون باتشيني» لا يتحدث إلا نادرًا وبصوت خفيض للغاية.. أنت تعرف هؤلاء القوم، يبالغون في الهدوء ليزيدوا من تأثيرهم عليك حين يهددونك!

ـ لكنك واثق أنه هو...

ـ تمامًا كما أثق في جودة مأكولاتي.

عظيم.. إذن «الدون باتشيني» لم يمت بمعجزة ما.

ما دام يأكل الإسباجتي ويدفع الحساب، فهو لم يمت.

ربما لأن جمجمته أقوى من اللازم، وربما لأنني لم أصبه جيدًا بل خدشته فحسب، وربما لأن «باتشيني» باع روحه للشيطان ليضمن له الخلود! لا فارق!

المهم الآن أنه عليَّ أن أقتل «الدون باتشيني»...

مرَّة أخرى!

* * *

لتقتل رجلًا للمرَّة الثانية عليك أن تكون في قمة الحذر، فهذه المرَّة لن يكون عنصر المفاجأة في صالحك.. الرجل يعرف أن هناك من يسعى لاغتياله، وسيحتاط هذه المرَّة جيدًا، مما سيزيد في صعوبة تنفيذ المهمة.

وبالطبع لست بالحماقة الكافية لأنفذ المهمة في ذات المكان، وهذا يعني أنني أحتاج إلى معلومات أكثر عن «الدون باتشيني» لأقرر أين سأقتله هذه المرَّة.

١٤٩

الواقع أنني بدأت أكره هذا الرجل حقًّا! صحيح أن هذا ضد قاعدة ألا أتورط في أي شعور عاطفي تجاه هدفي سواء كان حبًّا أو كرهًا، لكنني بدأت أكره «الدون باتشيني».

الرجل ـ وببساطة ـ يمثل أول فشل في تاريخي المهني!

أملي الوحيد لاستعادة مجدي، هو أن أقتله بطريقة مبتكرة.. طريقة تليق به...

طريقة صاخبة علنية ليحكي عنها سكان المدينة لأشهُر بعد ذلك.

نعم.. سأُفجره!

❉ ❉ ❉

في إيطاليا لدينا عادة تلغيم السيارات قديمة قدم الدهر، حتى إن أي صاحب سيارة اعتاد أن يفحص سيارته جيدًا قبل أن يركبها، عملًا بالقول المأثور: «افحصها قبل أن يفحصوا أشلاءك».

البعض يضع القنبلة أسفل المحرك وينتظر اقتراب الهدف وفي يده مفجِّر.. والبعض الآخر يضعها في المحرك بحيث لا تنفجر إلا مع إدارته.. والمجددون يضعونها الآن أسفل المقعد بحيث تنفجر بعد خمس دقائق من ركوب السيارة.

أنا الوحيد الذي يستخدم أسلوب القنبلة مع أنبوب العادم.. بهذا يركب الهدف سيارته وينطلق بها لفترة، وحين يسخن أنبوب العادم إلى الحد الكافي...

بررررووووووووووم.. وتتطاير الأشلاء في كل اتجاه!

١٥٠

بالطبع لن أضيع وقتي ووقتك في كيف تسللت إلى جراج سيارات «الدون باتشيني»، وكيف عرفت السيارة التي سيركبها في اليوم التالي ـ لقد اعتاد أن يستخدم معطر السيارة قبلها بليلة ـ ولا كيف تمكنت من زرع قنبلتي والخروج دون أن يشعر بي أحد.

المهم أنني فعلتها، وأنني سأنتظر حتى يأتي الغد، ليتحول «الدون باتشيني» إلى أشلاء!

المهم أن يكفي هذا لقتله هذه المرَّة.

✻ ✻ ✻

في اليوم التالي استيقظت وقد عقدت العزم على قضاء اليوم في منزلي، فليس من الحكمة أن أظهر يوم الانفجار العظيم.. مهما كانت أهمية المهمة أو الهدف، فلا شيء يفوق أهمية هويتي وسريتها.

لو سار كل شيء على ما يرام سيتم الانفجار و«الدون باتشيني» لا يزال داخل المدينة، وبالتالي سأعرف عن طريق نشرة الأخبار إن كنت سأحصل على باقي مستحقاتي أم لا.

هكذا تركت التلفاز مفتوحًا على أعلى صوت، وأخذت أضيع الوقت في مطالعة الصحف والمجلات، ثم بدأت في تنظيف بندقيتي المفضلة، وبعدها انهمكت في عمل غداء أعرف يقينًا أنني لن أذوق لقمة منه حتى يأتيني الخبر اليقين.

وبعد خمس ساعات كاملة، ارتفع صوت مذيعة الأخبار ليقول:

١٥١

ـ ولقد اهتزت المدينة اليوم حين انفجرت سيارة ملغومة قرب «...» مما أدى إلى مصرع ركابها وعدد من الـ...

ومع كلماتها بدأوا يعرضون تسجيلًا لمنطقة الحادث، فجلست على ركبتيَّ أمام التلفاز بحثًا عن هدفي وسط الأشلاء.

ـ ولقد صرح مصدر مسؤول أن هذه العملية هي امتداد لـ...

ها هو!

صحيح أنه تحول إلى أشلاء، لكن بقايا معطفه الطويل واضحة، ولو أمكنني إيقاف الصورة وتكبيرها لأريتكم شاربه الضخم الذي تفحم تمامًا.. إنه هو... هو...

«الدون باتشيني».

لقد قتلته.. قتلته ولن يمكنه العودة هذه المرَّة!

أبدًا!

✳ ✳ ✳

بالطبع أنت تعرف.. نعم، إنه لم يمت!

لا تسألني كيف، ففي هذه المرحلة لم تعد لديَّ حتى القدرة على التفكير في كيف! كل ما يمكنني استيعابه ـ بمشقة بالغة ـ أنه لا يزال حيًّا!

هذه المرَّة عرفت حين رأيته ذات ليلة مصرعه في سيارته الملغومة.. كنت قد تركت منزلي لأبتاع أغلى زجاجة شراب في الأسواق لأحتفل بنجاحي، حين رأيته يجتاز الشارع المقابل ومن حوله رجاله كالمعتاد، قبل أن يختفوا جميعًا داخل أحد المتاجر.

١٥٢

أشباح؟ كنت أتمنى هذا وكنت سأحتمله.. لكنهم دخلوا إلى المتجر ليقتلوا كل من في داخله بمدافعهم الرشاشة قبل أن يهربوا بسرعة في سيارتين كانتا في انتظارهم.

أما أنا، فلقد تجمدت في مكاني ذاهلًا طيلة الوقت، حتى إنني لم أتمكن حتى أن أتوارى بعيدًا عن الرصاص الذي تناثر في كل اتجاه.

إذن هم ليسوا أشباحًا! «الدون باتشيني» على الأقل ليس شبحًا، فلقد رأيت رذاذ الدماء على وجهه حين خرج من المتجر مسرعًا، وقبل أن يختفي مع رجاله في الأفق.

إنه.. فقط.. لم.. يمت!

كيف؟!

رصاصة في رأسه لم تقتله! وسيارته انفجرت لتمزقه تمزيقًا ولم يمت! كيف؟!

ما الذي يلزمني لأقتل هذا الوغد؟

ما الذي يلزمني؟

*　*　*

العباقرة منكم فهموا ما أنتويه ويبتسمون الآن في خبث.

نعم.

سأفعلها.. وسأفعلها الليلة.

*　*　*

يعيش «الدون باتشيني» في قصر مليء بالثغرات.

الرجل من زعماء المافيا الخمسة، ويعمل أكثر من ألفي رجل تحت إمرته، لكنهم يهتمون بأقمشة البدل التي يرتدونها أكثر من أن يهتموا بأبسط قواعد الأمن والحراسة.. خذ عندك:

البوابة الأمامية لا يقف عندها سوى ثلاثة رجال يحافظون على مسافات ضيقة بينهم ليشكلوا معًا هدفًا واحدًا يسهل إزالته بضربة واحدة.. والبوابة الخلفية يقف أمامها حارس واحد مسلح بمسدس ذي ست رصاصات فقط، بل ومزود بكاتم للصوت أيضًا.. حتى صوت الرصاصات لم يتركوه له ليجتذبهم لو حدث شيء ما!

عدد نوافذ القصر أكثر من عدد أبواب مترو الأنفاق، والأجمل من هذا كله الحديقة العظيمة التي تحيط بالقصر والقادرة على إخفاء جيش طروادة.. بعد هذا كله تود أن تعرف كيف تسللت إلى غرفة نوم «الدون باتشيني»؟ أعتقد أنك مثلي لا تحب إضاعة الوقت في التفاهات.

أعتقد أنك تريد أن تعرف ما الذي أفعله في غرفة نومه.. لماذا أقف أمام فراشه وسكين ضخم في يدي يلتمع نصله على ضوء القمر.. لماذا أرتجف غضبًا وكراهية وأنا أقترب منه بشاربه الأشيب الكث ومنامته الحريرية.. لماذا فتح عينيه.

فجأة فتح «الدون» عينيه ونظر إليَّ نظرة ثابتة انتفضت لها، وقد أدركت أن كارثة قد حدثت.. لقد أضعت الثانية التي يجب عليَّ فيها قتل الهدف.. ولقد مرت هذه الثانية لذا...

ـ إليَّ يا رجاااااااااااااااااااااااااااال.

صرخ بها «الدون»، فتحركت مئات السيقان في كل مكان، واندفعت أنا لأخرس صرخته بأن غرست سكيني حتى مقبضه في قلب «الدون».

هذه المرَّة قتلته! هذه المرَّة قتلته! هذه المرَّة شعرت بقلبه يتوقف عن النبض، وشعرت بدفء دمائه على يدي.

هذه المرَّة ـ بالتأكيد لا محالة ـ قتلته!

والآن حان وقت الهرب، إن كان هذا ممكنًا.

* * *

يمتلئ قصر «الدون باتشيني» بالثغرات، لكن دخوله ليس كخروجه ومئات الرجال يطاردونك بمسدساتهم.

لذا اسمح لي أن أعتبر نفسي محظوظًا، لأنني أجلس الآن في ردهة منزلي أتصبب عرقًا وأحتسي الشراب.. برغم كل ما حدث لا زلت أعتبر نفسي محظوظًا.

لم أغسل يدي بعد من دماء «الدون»، ولا أعتقد أنني سأفعل..

إنها دليلي أنه مات.. أنني قتلته.. أنني نجحت.

المشكلة الآن أنني أتنفس بعسر.. وعلى الرغم من كل الشراب الذي أحتسيه، لا يزال جسدي يرتجف عرقًا من كثرة الدماء التي تنزف من جرح الرصاصة التي اخترقت جانب صدري!

أخبرتك أن الهرب لم يكن بسهولة الدخول، وأنني أخطأت

١٥٥

لأنني اقتربت من الهدف أكثر من اللازم، لكن لا يهم.. حقًّا لم أعد أهتم.. حتى لو مت الآن فيكفيني أنني قتلت «الدون باتـ...».

ـ إذن، فهذا هو منزلك.

يقولها بصوت خفيض مثلج، فألتفت إليه ببطء وقد بدأ وعيي يغيب عني تدريجيًّا.

ـ كنت أظن أن منزل أفضل قاتل في إيطاليا سيكون أفضل من هذا كثيرًا! إنها مشكلة الرجل الذي يعيش وحده دون أن ترعى منزله امرأة و...

من هذا الشخص ؟!

أجاهد لأتخلص من تأثير الشراب والدماء التي أفقدها بسخاء، لأرى ملامح محدثي الذي اقتحم منزلي دون أن أشعر.. القامة المعتدلة، والشارب الكث، والنظارة التي تخفي باقي الوجه...

«الدون ريكاردو باتشيني»!

ـ أتسمح لي بالجلوس؟

وهو من نوعية الأسئلة التي لا تعني إجابتها شيئًا، فلقد جلس بالفعل! أما أنا فلم أتمالك نفسي من الضحك الذي تحول إلى سعال لأشعر بطعم الدماء في فمي.

إنه حي.. حي.. حي.. حي.. حي.. حي...

ـ أنت.. أنت الشيطان، أليس كذلك؟

أسأله فيجيبني هو بهدوء وبصوت يأتي من بعيد:

ـ لا.. الأمر ببساطة أنني كنت أعرف أن هناك من سيحاول

قتلي.. كنت أعرف هذا لكني لم أعرف مَن.. لذا استأجرت عددًا من الأشخاص ليتنكروا في هيئتي وليتحركوا في البلاد نيابة عني، لأتتبع أنا قاتلهم! هذا هو الموضوع بكل بساطة! بساطة! بكل بساطة!

كيف؟! لِمَ... سوف...

أسقط على ركبتيَّ ووعيي يبتعد عني أكثر فأكثر عالمًا أنه لن يعود لي مجددًا، بينما يواصل «الدون باتشيني»:

ـ لم أتوقع أن يأخذك الحماس وتحاول قتلي في منزلي! لكنك فعلت وقتلت شبيهي.. هكذا تمكَّن رجالي من إصابتك وتتبعك إلى هنا.. والآن لا أخفي عليك أنني محبط!

فأهمس أنا وقد فقدت قدرتي على الرؤية:

ـ محبط؟

ـ نعم.. لم أتوقع أن يستأجروا ساذجًا مثلك ليتخلصوا مني!

ولا أرى مسدسه، لكنني أسمع صوته حين يجذب الزناد، قبل أن يقول:

ـ لكي تقتل «الدون باتشيني»، عليك أن تكون أفضل من هذا بكثير!

ولم أسمع حتى صوت الرصاص...

فقد غاب عني وعيي...

ولم يعد!

فزع

اليوم ستذهب ليلى إلى المعسكر.

يا إلهي! ستترك ليلى المنزل يومين كاملين!

هكذا فكر الدكتور شريف بقنوط وأسى: يومين كاملين يقضيهما مع زوجته.. وحدهما.. في المنزل!

إن الفكرة تبدو مفزعة حقًّا!

الساعة الآن التاسعة مساءً للأسف.. سيضطر لإغلاق العيادة والعودة إلى الجحيم.. منزله!

وتحت سيل من الأمطار الهادرة، التي أخذت تدك سيارته دكًّا، أخذ الدكتور شريف يقود سيارته، وفي رأسه عاصفة من الأفكار أشد هولًا من تلك التي خارج السيارة.

حسنًا.. سيعود إلى المنزل لتستقبله زوجته، بنظراتها الكئيبة المتحفزة للشجار لأي سبب وبدون سبب.

حقًّا ستستغل اليومين اللذين ستقيمهما ابنتها ليلى خارج المنزل خير استغلال.

ستعيد له الشريط الكئيب، عن كيف تحملته أيام فقره، وهي سليلة الأسر الراقية، وكيف رضيت به وبالحياة معه، هو الهمجي الغبي الذي يظن نفسه ملكًا لمجرد أنه رجل.

اللعنة!

إن حوادث السيارات تحدث كل يوم، فهل ينقذه حادث ما من الساعات الرهيبة التي في انتظاره؟

لكن.. ها هو المنزل يلوح له، وسط الظلام والأمطار، ككابوس مجسم.. النافذة المضاءة في الطابق العلوي تقول إنها هناك، في انتظاره!

اجتاز الدكتور شريف بوابة المنزل، فالحديقة التي أحالتها الأمطار إلى مستنقع طيني لزج، فالمرآب، حيث ترك سيارته وخرج منها متجهًا إلى باب المنزل، وكأنما سيسلم نفسه في معتقل سيبيريا!

ألا يمرض أحدهم في هذا الطقس فيرسل في استدعائه؟

بيد مرتجفة من البرد ـ أو لعله الانفعال ـ مد يده بالمفتاح، وفتح على نفسه بوابة جهنم!

الردهة المظلمة أمامه، ودرجات السلم التي لوثها بصيص من الضوء القادم من الطابق العلوي.

الطابق العلوي، حيث تنتظره هي!

وقد تساقطت كتفاه.. وبخطوات متثاقلة مهمومة، أخذ يصعد الدرج و...

ـ أخيرًا جئت!

الصيحة الشرسة تستقبله كطبول الحرب، إيذانًا ببدء ليلة جديدة من الشجار.. حسنًا، فليحتمل قدر المستطاع، ثم فليندس في فراشه حتى الغد.

قد يستيقظ غدًا، فيجدها جثة هامدة.. مَن يدري؟

أما هي فبدت أمامه تقف على باب الغرفة المظلمة، وقد صنعت الظلال في وجهها لوحة مرعبة للغضب والوحشية.. واصلت الصراخ:

ـ أين كنت طيلة الوقت؟

فأجابها بلا اكتراث محاولًا التماسك:

ـ في العيادة.

ـ إلى هذا الوقت؟

ـ العاصفة أخرتني.. إن كنت تشكين في هذا انظري من النافذة.

التمعت الكراهية في عينيها وهي تتابعه إذ يدخل الغرفة ويبدأ في نزع سترته، لتقول:

ـ العاصفة، أم أنك تعمدت التأخر؟ تعمدت عدم المجيء؟

كاد يصارحها أن هذه هي الحقيقة، ولكنه آثر السلامة، وابتلع رده مع ريقه وهو يواصل نزع سترته.

لكنها لم تتوقف.

انفجرت تعيد عليه النغمة الخانقة، للمرَّة المليون ربما.

وردد هزيم الرعد صراخها بدوي هز كيانه هزًّا.

ـ كفى! كفى!

خرجت الكلمة من بين شفتيه هادرة، باترة، تحمل كرهه، وغضبه، وثورته، ومقته.

لكنها لم تتوقف.

بل ازدادت هياجًا، وارتفع صوتها حتى غطى على صوت هزيم الرعد ذاته و.. و...

ولا يمكن تفسير ما حدث بالضبط، ولكنه كان حتميًّا.

ربما العاصفة.. ربما الصراخ.. ربما الغضب والكراهية.. ربما لأن أعصابه لم تتحمل المزيد.. ربما هو مزيج من هذا كله. المهم أنه وجد نفسه يقفز ليقبض على عنقها ليعتصره بقوة عاتية محاولًا إسكات صراخها.

صراخها الذي استمر لحظة، ثم استحال إلى حشرجة، ثم القرقعة المخيفة التي بدت كهزيم ألف رعد.

ثم صمتت تمامًا.

وإذ أفاق كانت أصابعه لا تزال تعتصر عنقها.. وكان رأسها قد مال إلى الخلف بزاوية غير طبيعية والرغاوي تسيل من فمها. وكانت عيناها الجاحظتان مسددتين تجاهه، ترمقانه بكراهية. حدق هو لحظة في هذا كله، ذاهلًا، خائفًا، ثم ترك أصابعه تنسل من حول عنقها.

وللحظة ظلت واقفة، ثم سقطت.

أخيرًا سقطت!

وصمتت!

وبانفعال هائل أخذ يلهث غير مصدق أنه فعلها.. ثم جلس على الفراش وأشعل سيجارة نفث دخانها في سماء الغرفة، مسرح الجريمة.

لقد ماتت!

لكم تبدو الفكرة مفزعة.. مخيفة.. ومريحة!

لقد ماتت! لقد تخلص منها!

ثم انقطع التيار الكهربائي بغتة، فساد الظلام المكان.

ورغمًا عنه احتبس دخان السيجارة في صدره، فأخذ يسعل بشدة حتى دمعت عيناه.

ثم بدأ شعور عجيب بالفزع يكتنفه.

هو، وهي ـ سابقًا ـ في الغرفة والظلام يغلف كل شيء، والأمطار تضرب زجاج النافذة بدوي مخيف، امتزج بهزيم الرعد ليصنع مزيجًا مخيفًا كموسيقى تصويرية لفيلم رعب.

رعب؟ إن الشعور الذي يشعر به حقًّا هو الرعب!

يجب أن يغادر الحجرة فورًا.

هكذا ودون تفكير أطفأ الدكتور شريف سيجارته، واندفع خارجًا من الغرفة حتى إنه تعثر بجثة زوجته، مما أورثه فزعًا على فزعه دفعه للعدو إلى الأسفل، إلى الردهة حيث أخذ يلهث، عاجزًا عن التفكير.

لقد قتلها!

أنهى حياته الزوجية الفاشلة بجريمة قتل!

لا بد أن السجن هو مصيره.

لا، ليس السجن، بل المشنقة.. الإعدام شنقًا!

ليلى! يا إلهي! ليلى!

كيف لم يفكر فيها، في المصير المظلم الذي ينتظرها بأم مقتولة وأب محكوم عليه بالإعدام؟

الضوء.. ليدخل بعض الضوء في المكان ثم يفكر.

نعم، لا بد من أن الشموع على المائدة.. أين الثقاب؟ ها هو.. وبذات اليد المرتجفة أشعل عود الثقاب.. تراقص لهب الشعلة للحظة إثر نسمة هواء باردة أثارت رجفة في جسده.. ثم مد يده، ليشعل فتيل الشمعة وليغزو الضوء المكان على استحياء.

وعلى الضوء المتقطع الشاحب، ظهر وجهها!

ارتد بهلع ليصطدم بالمقعد، فسقط أرضًا مطلقًا صرخة فزع مدوية.

إ..نـ..ـه.. و..جـ...هـ...ـهـ..ا!!!!

الوجه المحتقن والذي بدأت تغزوه الزرقة، والرغاوي تسيل من فمها، والعينان الجاحظتان ترمقانه بكراهية.

أخذ جسد شريف يرتجف بشدة، والبرودة تغزو عظامه، وهو يحدق ذاهلًا مرعوبًا في زوجته التي استقرت أمامه على مقعد المائدة، ورأسها يميل إلى الخلف بزاوية غير طبيعية.

مستحيل! مستحيل! إنه يهذي.. بالتأكيد هو يهذي.

تغلب ذهوله على فزعه، فقفز واقفًا، وانطلق عدوًا إلى الطابق العلوي، إلى حيث لم يجدها!

ـ إنها لم تمت!

هكذا هتف، ثم انطلق يعدو مجددًا إلى الأسفل، إلى المائدة حيث جلست هي.

وبخبرته الطبية لم يحتج إلى مجهود بالغ ليدرك أنها ميتة. للأسف ميتة!

بهستيريا تامة أخذ الدكتور شريف يضحك، وقد ألقى البرق بوميض شاحب على وجهه، تلاه هزيم الرعد الذي امتزج بضحكاته.

ما زالت تطارده حتى وهي ميتة! يا للحماس! يا للقسوة!

ثم استحالت مشاعره كلها بغتة إلى جذوة مشتعلة من الغضب.. ليتخلص منها نهائيًا.

الجثة.. الحديقة.. الجاروف في المرآب.. الصورة مكتملة ولا تحتاج إلا إلى التنفيذ.

وتحت المطر، تحت وميض البرق، في قلب العاصفة، وقف الدكتور شريف في الحديقة يحفر... ويحفر...

يحفر قبرها!

استمر الأمر لساعتين قبل أن يعود منهكًا خائر القوى إلى داخل المنزل والمياه والطين اللزج يغمرانه.

هذه المرَّة تخلص منها حقًّا!
حتى لو كانت من هواة السير في أثناء الموت!
الآن يغتسل، ويخفي آثار ما حدث، وفي الغد يتخلص من الجثة نهائيًّا.
لن يسمح لها أن تدمر مستقبله كما دمرت حياته، وإن لم يكن من أجله، فليكن من أجلها.. من أجل ليلى.
نعم، لن يسـ...
الطرقات الكئيبة على باب المنزل.
طرقات جمدت الدماء في عروقه، وانتصب لها شعره!
لا، لا يمكن! إنها العاصفة.. لا، ليست العاصفة...
إنها هي!
هي.. هي.. هي...
قادمة من أجله.. لتنتقم.. لتقتله.
ـ لاااااا!!!!

صرخ بها وعيناه تلمعان بجنون مطبق.. لن يسمح لها هذه المرَّة.
اندفع عبر درجات السلم إلى الطابق العلوي.. غرفته.. المسدس في درج المكتب حيث اعتاد أن يضعه للطوارئ.. ها هو.
التمع البرق في السماء فأخذ يقرأ عناوين الكتب في مكتبته: «السحر الأسود»، «عن الجن والشياطين»، «جذور الموت»...

مَن الذي ابتاع هذه الكتب؟

فتجيبه الطرقات الكئيبة، إنها هي!

تلمس طريقه إلى الأسفل وقد أخذت عيناه تدمعان هلعًا،

وقد تلاشى كل شيء من ذهنه لتحل فكرة واحدة...

يجب أن يتخلص منها! الليلة!

مأخوذًا.. بعينين زائغتين وبخطوات بطيئة مترددة، بلغ الباب، وفتحه.

استقبلته الرياح والأمطار، لكنها لم تكن هناك.. ثم شعر بشيء ما يمر بين ساقيه بغتة!

وبدون تفكير قفز وأطلق النار، فأطلقت تلك القطة مواءً أليمًا، قبل أن تسقط جثتها أمامه تنز الدماء ببطء.

وبمزيج من البلاهة والذهول حدق هو في جثة القطة. المسكينة، جاءت لتحتمي من العاصفة، فاستقبلها هو برصاصة!

وهو يولي ظهره للباب المفتوح، يحدق في جثة القطة، ومن قلب العاصفة والظلام، ظهرت هي!

سمع شريف صوت خطواتها الحافية تدق الأرض خلفه تمامًا، وشعر بحفيف ردائها إذ احتك به، لكنه لم يستدر.

شل الرعب تفكيره وجسده تمامًا.

أما هي، فاجتازته وقطرات الأمطار تتساقط منها، والطين يغطي جسدها كله، في حين مال رأسها بزاوية غير طبيعية وقد جحظت عيناها والكراهية تطل منهما.

ثم ابتلعها ظلام الردهة مجددًا.

وإذ استطاع الدكتور شريف التحرك أخيرًا، كان ما فعله حتميًّا. حقًّا كان.

* * *

عندما وصلت ليلى بعد يومين كان هناك كثير من الصراخ.

وعندما اقتحم الجيران والشرطة المكان، كان المشهد أمامهم عنيفًا ومخيفًا.

جثة القطة عند مدخل الباب.. الدكتور شريف في منتصف الردهة وقد اخترقت رصاصة رأسه، في حين قبضت يده على المسدس.

وفي الأعلى كانت جثة الزوجة ملقاة أمام غرفتها، وقد مال رأسها بزاوية غير طبيعية، وقد جحظت عيناها وكأنما ترمقان كل شيء...

بكراهية!

الليلة التاسعة

من الماضي السحيق
صفحات غابرة من القرن الثامن عشر...
الممر الحجري الكئيب، المضاء بالمشاعل ذات اللهب المتراقص، ملقيًا بتلك الظلال المتراقصة الرهيبة.. رقصة النار المجنونة الخالدة.

الوزير، بحركته التي تكسبه وقارًا يليق بوزير الملك «جورج الثاني»، يقطع الممر بخطوات سريعة، تعكس توتره البادي في ملامحه.

قطع الممر، ليستقبله الحارسان بتحية صاخبة، تجاهلها وهو يدلف إلى تلك القاعة الضخمة المضاءة بعشرات المشاعل، مانحة إياها هيبة واضحة، أضفت إلى هيبة طبيعة المكان ذاته.

بلاط الملك «جورج الثاني» نفسه!

وعلى عرشه استوى الملك «جورج»، وقد أخذت عيناه الباردتان، القاسيتان قسوة ملك مملكة لا تغيب عنها الشمس،

تتابعان الوزير الذي مثُل أمامه لينحني باحترام بالغ، قائلًا بصوته الذي لم تؤثر في قوته السنون:

ـ مولاي.

دوى الصوت الجهوري، صوت الملك، يقول:

ـ ماذا عندك يا وزيري؟

فرد الوزير قامته، وقال متحاشيًا النظر في عيني الملك:

ـ لقد استفحل الأمر يا مولاي.. استفحل وأخشى أن تأتي اللحظة التي يخرج فيها من أيدينا!

ـ أمر ماذا؟

ـ أمر ذلك البيت يا مولاي.. البيت المسكون!

خرج صوت الملك «جورج» حاملًا برودًا يكاد يطفئ لهيب كل المشاعل في القاعة:

ـ ماذا عنه أيها الوزير؟

تسللت العصبية إلى صوت الوزير رغمًا عنه، وهو يجيب:

ـ لقد فاقت سمعة هذا البيت الحدود.. والناس يخشونه كالموت ذاته.. ولا أحد أصبح يجرؤ على الدنو منه.. إنهم يطالبون بهدمه.

ـ يطالبون بهدمه لأنهم يخشونه؟ لماذا لا نقتل الوزراء أيضًا ما داموا يخشونهم هم أيضًا؟!

أُسقط في يد الوزير وقد منحه ملكه واحدًا من ردوده الباترة الشهيرة.. لكنه لم يتمالك نفسه من أن يقول بتخاذل:

ـ ولكن...
ـ ولكن ماذا؟
انحنى الوزير باحترام قائلًا:
ـ كما تشاء يا مولاي.
والتفت مغادرًا القاعة الملكية، تاركًا الملك.
وانتظر الملك حتى غادر، ثم قام من على عرشه، ليذهب إلى ممر آخر خلف العرش أضاءته المشاعل، متجهًا إلى غرفة الملكة «كارولين».
وعلى باب الغرفة، هبت الوصيفات، ليستقبلن الملك بمزيج من الرهبة والخوف، ليقول هو بصرامة:
ـ هل الملكة مستيقظة؟
أجابته إحدى الوصيفات على الفور:
ـ نعم يا مولاي.
ودون أن يرد عليها دخل إلى غرفة الملكة التي رقدت في فراشها شاحبة، وأمارات الإعياء تطل من وجهها ومن سعالها المتقطع.
وبصرامة خلت تمامًا من الإشفاق سألها:
ـ أما زلت ترفضين التحدث؟
أدارت «كارولين» له عينين متثاقلتين بالمرض، وخرج صوتها متحشرجًا محملًا بالوهن وهي تجيب:
ـ لا أملك شيئًا لأجيب به مولاي!

ـ بل تملكين.. تملكين سر هذا البيت!

قالها بلهجة صارمة مخيفة، استقبلتها هي بضعف وهي تكرر:

ـ لا أملك شيئًا أجيب به مولاي!

التمع الغضب في عينيِّ الملك «جورج الثاني»، وبدا وكأنه سيصدر أمرًا بإعدامها وعلى الفور، ولكنه تمالك نفسه ليقول بصوته البارد المخيف:

ـ لقد منحتك أكثر من فرصة يا «كارولين» ويبدو أنك لم تتركي لي الخيار.. سيُهدم المنزل غدًا.

أطلقت الملكة سعلة خفيفة، وقالت وهي تغالب فقدان الوعي، وربما الحياة ذاتها:

ـ لن يستطيع مولاي!

ارتجفت شفتا الملك غضبًا أمام هذا التحدي السافر، وعكس صوته كل غضبه ومقته وهو يقول:

ـ سنرى.

وغادر الغرفة بخطوات سريعة قبل أن يفقد أعصابه ويخنقها بيديه!

ولم يكد يفعل، حتى نادت الملكة بصوتها الواهن على إحدى وصيفاتها:

ـ «مارتا».

دخلت الوصيفة العجوز على الفور إثر ندائها قائلة:

ـ أمر مولاتي.

انتزعت الملكة الكلمات من حلقها انتزاعًا، وهي تقول:
ـ ثمة سر يجب أن أفضي إليك به يا «مارتا»! لست أظنني
سأستمر أكثر من هذا!
خفق قلب الوصيفة العجوز وجلًا، والملكة تتابع:
ـ يجب أن يحافظ أحدهم على السر!
وزاغت عيناها أكثر فأكثر، إذ أردفت:
ـ سر البيت الملعون!
واستحال وجل الوصيفة إلى فزع!

* * *

حدث في هذه الليلة!
وهكذا وجد يوسف يحيى نفسه في تلك القاعة.
الرائحة الخانقة الرطبة.. وأضواء المشاعل المتراقصة تمزق
الظلام إلى ألف ظل.. وضربات قلبه في صدره تنبض بالخوف
والهلع...
والفضول!
ذلك الفضول القاسي العجيب، يجري في عروقه ويدفعه
إلى المواصلة.
يجب أن يعرف.. يجب أن يفهم...
ومهما كان الثمن!
ونظر إلى الممر المظلم الذي جاء منه وتساءل:
كيف سيخرج من هنا؟

١٧٣

لا بأس.. لنترك هذا لوقته.. المهم أن يبقى حيًّا ليخرج.

وبعينين شاردتين أخذ يرمق القاعة أمامه.. خصوصًا تلك المائدة الخشبية، التي تراصت حولها المقاعد وتناثرت فوقها الشموع.. إنها تناديه، تطلب منه الجلوس.. وذلك الدفتر العتيق عليها يطلب منه أن يفتحه، أن يقرأه.. فهل يجرؤ؟

واستجمع شجاعته.. جر قدميه جرًّا وتقدم.. ثم بلغ المائدة ليجلس على أحد المقاعد.. وبيدين مرتجفتين مد يده إلى الدفتر ليفتحه.

ثم انتبه بغتة إلى شيء بالغ الأهمية...

يجب أن يدون ما حدث.. يجب.. ليترك حقيقة ما حدث في دفتره لعل أحدهم يجده فيعرف ما حدث.

وهكذا أخرج يوسف دفتره وقلمه وبدأ يكتب:

ها أنا قد بلغت تلك القاعة المخيفة ولا أعرف حتى كيف سأخرج منها بعد ذلك.. ولا كيف سينتهي هذا كله.. ولكني لم أعد أهتم.. إنني على استعداد لبذل حياتي ذاتها مقابل أن أفهم ما حدث لي.. إنها لحظة الحقيقة كما يقولون، فإما الآن أو لا للأبد!

على كل حال، لقد كان كل ما مررت به قاسيًا بحق ويستحق أن أظفر بتفسير من أجله.. ولئن تخاذلت، لكنت قضيت حياتي كلها، أتساءل عن سر ما حدث...

عن ماذا كان يختبئ خلف تلك الأحداث الرهيبة.

لهذا إن لم أخرج من هنا، أرجو أن يجد أحدهم هذا الدفتر ليفهم ويعرف.

لقد سجلت فيه كل ما حدث، ومنذ الليلة الأولى، و... مهلًا...

ثمة صوت ما!

صوت خطوات قادمة من الممر المظلم الذي أتيت أنا منه!

نعم لست أهذي.. إنها خطوات.. وخطوات أكثر من شخص، أيضًا!

أشعر بالخوف ولا أملك أن أذكر هذا.. ترى هل رأى أحدهم المشهد في الأعلى وجاء ليستقصي؟ ربما.. لقد اقتربت الخطوات على كل حال.

يا إلهي! لا يمكن أن يكون ما أراه حقيقة.. إنه مستحيل! مستحيل!

* * *

ولكن.. أعتقد أنه يجب أولًا أن نعرف الأحداث منذ البداية منذ الليلة الأولى.

الليلة الأولى

منذ بدأ كل شيء!

فرك ذلك العجوز، ذو الذقن النامي والجلباب القذر، كفيه وقال:

ـ هه.. هل أعجبتك؟

ألقى يوسف نظرة على الغرفة الضيقة، بعدم رضا واضح، إلا أنه قال:

ـ لا بأس.

ـ لقد قلت إنك تريد مكانًا هادئًا، أليس كذلك؟

ـ نعم.. قلت.

عاد العجوز يفرك كفيه قائلًا:

ـ إنك لن تجد مكانًا أكثر هدوءًا من هنا.. كما أن الإيجار مناسب و...

قاطعه يوسف بنفاد صبر:

ـ أعرف.. أعرف.. هاك.

وناوله بضع أوراق مالية تلقفها العجوز بلهفة هاتفًا:

ـ شكرًا يا سيدي، سأتركك لترتاح.

وغادر الغرفة على الفور تاركًا يوسف بحقيبته على الفراش المتهالك، متجولًا بنظره في أثاث الغرفة المتواضع، المكون من منضدة خشبية ومقعدين، لا يصلح أحدهما للجلوس!

ثم فتح النافذة ليلقي نظرة على المنطقة المحيطة.. حقًّا، لقد صدق العجوز، لا توجد منطقة أكثر هدوءًا من هنا.. من المقابر!

وأمام المشهد الكئيب المطل من النافذة أخذ يوسف يفكر.

ها هو قد ظفر بالمكان الهادئ الذي ينشده ليبدأ في كتابة الرواية التي يحلم بها، تلك الرواية التي يعقد عليها أمله في النجاح ككاتب.

صحيح أن إمكاناته المادية لن تسمح له باستئجار هذه الغرفة أكثر من شهر، ولكن لا بأس.

ربما بحث عن عمل ليدر عليه دخلًا مؤقتًا حتى ينتهي من كتابة الرواية.. ولكن الآن ما عليه سوى أن يتفرغ للكتابة.. الكتابة فحسب.

سينام الآن ويستيقظ مساءً ليبدأ طقوس كتابته المعتادة: وجبة خفيفة، وقدح من الكاكاو الساخن، ورزمة من الأوراق البيضاء تنتظر أن تمتلئ بالحبر.

وصامتًا بدل ملابسه بأخرى للنوم.. مدد جسده على الفراش المتهالك.. أغلق المصباح الوحيد في الغرفة...

ونام.

وعندما دقت الساعة العاشرة مساءً استيقظ ليبدأ في ممارسة طقوسه.

اغتسل، ثم أكل طعامًا معلبًا، ثم جلس على المقعد الخشبي أمام رزمة الأوراق على المنضدة، والأبخرة تتراقص على سطح كوب الكاكاو.

أمسك قلمه وبدأ يعتصر في أفكاره.

مر نصف ساعة.. ساعة.. ساعتان.. بعدها أدرك أنه لا يملك ما يكتبه!

خواء فكري تام!

وبسخط ألقى بقلمه، ليحدق بعينين شاردتين في قدح الكاكاو الذي برد منذ زمن.

عن ماذا يكتب؟ إنه لا يعرف!

إنه ذلك الشعور السقيم بأنك كنت تملك الفكرة.. فكرة تتقافز داخل جمجمتك وكأنما ترجوك أن تكتبها، أن تمنحها الخلود على الورق.. ولكن ما إن تقترب منها.. ما إن تحاول أن تقبض عليها بأصابعك، حتى تكتشف أنك كمن يحاول أن يمسك بخيط من الدخان.

لقد تبددت الفكرة من رأسه كما يتبدد خيط الدخان.

وشاعرًا بالحنق قام من على مقعده، وخرج من الغرفة مزمعًا التجول قليلًا بين المقابر، عله يجد فكرة يبدأ بها.

استقبله نسيم الليل البارد، ليثير بين أوصاله تلك الرجفة الأولية، ثم استنشق نفسًا عميقًا، ملأ به صدره وأخذ يتجول بين شواهد القبور الرمادية، وبرهبة غمغم لنفسه:

ـ إنه مكان موحش حقًّا!

وتغلبت غريزة الاستكشاف في أعماقه على كل هذا، فأخذ يجول بين الشواهد الباردة وكأنما يبحث عن فكرة بينها، بينما ذلك الشعور المعتاد بالرهبة من الموت والمقابر يجد طريقه داخله كأي بشري آخر!

إنه ذلك الخاطر الرهيب المرير، بأن تلك الحجارة تحوي أسفلها رفات العشرات، عشرات كانوا يحيون ويفكرون ويحلمون ويحبون، ثم انتهى بهم الأمر إلى التراب.. وسيأتي دوره ليلحق بهم آجلًا أو عاجلًا!

ـ مهلًا.. ما هذا؟

انقطع حبل أفكاره وهو يحدق فيما قادته إليه قدماه بعجب بالغ، مغمغمًا بالعبارة السابقة، بلهجة تفوح بالدهشة والاستغراب.

فأمام عينيه تراصت ستة قبور، في دائرة كاملة، بعدت بضعة أمتار عن باقي القبور، وقد أحاطت بها دائرة من النباتات التي زحفت على شواهد القبور مطوقة إياها بسياج أخضر داكن، منح المشهد هيبة عجيبة وكأنها لوحة كابوسية عن الموت!

وأمام هذا المشهد، وقف يوسف برهة مذهولًا قبل أن يملك السيطرة على قدميه مجددًا ليبدأ في الدوران حول القبور، باحثًا عن ثغرة وسط سياج الأعشاب لينفذ منها إلى مركز الدائرة.

ـ أنت هناااااك؟!

انبعثت الصيحة من الظلام لتطيح بأعصابه، ولتجعله يلتفت كالملدوغ إلى مصدر الصيحة.. اصطدمت عيناه بالعينين اللتين التمعتا في الظلام، ثم تبددت ملامح الوجه المتغضن ذي الشعيرات البيضاء النامية من خلفها، وكرر:

ـ أنت.. ماذا تفعل هنا؟!

انتزع يوسف الكلمة من حلقه ليلقيها:

ـ أنا أسكن هنا!

ـ أنت الساكن الجديد إذن؟!

ـ نعم!

تحركت التجاعيد على جانبي وجهه لترسم ابتسامة ودودة وقال:

ـ مرحبًا.

وكأنما أذابت ابتسامة العجوز خوفه، هدأت نفس يوسف وأجاب:

ـ أشكرك.. هل لي أن أسألك من أنت؟

ـ حارس هذا المكان.

هز يوسف رأسه متفهمًا وأشار إلى نافذة غرفته المضيئة:

ـ هذه غرفتي، انتقلت اليوم.

جلس العجوز على إحدى الصخور الضخمة، وأخرج من جيبه لفافة تبغ مكتظة، أشعلها قائلًا:

ـ ولم تجد مكانًا أفضل من هنا يا ولدي؟!

ابتسم يوسف مجيبًا:

ـ لقد كنت أزمع الوحدة والهدوء.

بادله العجوز الابتسامة، قائلًا:

ـ ستحصل عليهما هنا بالتأكيد!

عاد يوسف يهز رأسه متفهمًا، قبل أن يسأله بغتة:

ـ منذ متى وأنت هنا؟

سعل العجوز لافظًا المزيد من الدخان، ثم أجاب:

ـ لست أذكر بالضبط.. عندما تبلغ عمري لن يشكل هذا فارقًا.

ومال إلى الأمام قليلًا، متسائلًا بتخابث:

ـ لماذا؟

ـ كنت أتساءل عن هذه القبور الستة.. لست أدري، لكن ألا تبدو لك غريبة نوعًا ما؟

نفث العجوز دفقة أخيرة من الدخان، قبل أن يلقي باللفافة أرضًا متسائلًا:

ـ أي قبور ستة؟ المكان مكتظ بالقبور!

أشار يوسف إلى ما خلف ظهره قائلًا:

ـ تلك التي تشكل دائرة؟

منحه العجوز نظرة طويلة متفحصة، ثم قال:

ـ لست أدري عن ماذا تتحدث يا بني.. فلا توجد أمامي قبور ستة أو دائرة!

عقد يوسف حاجبيه باستغراب، قائلًا:

ـ ماذا؟!

والتفت بجذعه مشيرًا إلى... إلى... أين ذهبت القبور؟!

تسمرت إصبعه المشيرة إلى الأرض الجرداء الخالية تمامًا، وهتف بذهول:

ـ لقد كانت هناك!

وهب واقفًا، غير مصدق لما أمامه، مرددًا:

ـ أقسم إنها كانت هناك!

ربت العجوز على كتفه قائلًا من بين سعاله:

ـ يبدو أنك لم تنم جيدًا يا بني.. سأتركك الآن، فالوقت تأخر على عجوز مثلي.

ثم تركه وسط ذهوله.

لكن كيف؟! القبور كانت هناك! هو رآها بأم عينيه!

لا .. لا .. لا بد أنه يهذي.. القبور لا تختفي فجأة.. كل هذا كان هذيانًا و...

إنه ليس هذيانًا، إنها الفكرة!

لقد خرج ليبحث عن فكرة، وها هي تتقافز أمامه.. وهذه المرَّة أمسك بخيط الدخان وما عليه إلا أن ينسج به قصته.

قصة رعب على ما يبدو.

كل ما عليه الآن هو العودة.. إعداد قدح كاكاو آخر ثم السباحة بين الأوراق.

وبخطوات سريعة، اجتاز القبور عائدًا إلى غرفته، ليدخلها بلهفة قبل أن يقف هاتفًا بسخط:

ـ اللعنة!

لقد نسي النافذة مفتوحة، فأطار الهواء أوراقه في أنحاء الغرفة.

وبضيق بالغ أغلق النافذة، ثم انحنى ليجمع الأوراق، ولكنه توقف بغتة ليحدق في إحدى الأوراق التي كتبت عليها بضعة سطور باللغة الإنجليزية.

مهلًا.. إنه لم يكتب شيئًا قبل أن يترك الغرفة! فمن كتبها إذن؟!

وبحذر مد يده ليلتقط الورقة ثم أخذ يقرأ ما فيها ببطء.

ثم ترك الورقة تسقط من يده ذاهلًا.. إنه هذه المرَّة لا يهذي.. بالتأكيد لا يهذي!

لقد خالفتَ القوانين.. عليك أن تعلن نفسك عضوًا ميتًا في الليلة التاسعة.

هذا ما كان مكتوبًا في الورقة!

* * *

الليلة الثانية
أحداث أخرى!

في اليوم التالي استيقظ، جلس على فراشه، ثم أشعل سيجارة من العلبة التي ابتاعها ليلة أمس.. وأخذ يحدق في الورقة:

لقد خالفتَ القوانين.. عليك أن تعلن نفسك عضوًا ميتًا في الليلة التاسعة.

الحروف الإنجليزية العتيقة بأطراف مثنية، مائلة، والتي تبدو كأنما رُسمت لا كُتبت.

والآن.. مَن رسمها في غيابه؟ وما الذي يعنيه بالضبط؟

استنشق مزيدًا من الدخان في صدره، وواصل.. هل هي مزحة؟ لا.. لا تبدو كذلك.. أو على الأقل، الأمر أسخف من أن يكون مزحة.

وأعجب من أن يكون جديًا.. لهذا فهو يصلح.. يصلح لاستخدامه في روايته.

سيكتب قصة عن شاب، يعيش وحيدًا في المقابر ليكتب رواية، فيصطدم بالقبور الستة، وتلك الرسالة المجهولة. سيكتب ما يحدث له.

وإذ عادت فورة الحماس تجتاح عروقه، هب من على فراشه، والتقط أوراقه وقلمه وبدأ يكتب... ويكتب... ويكتب!

وبعد أربع ساعات متواصلة، أمسك الأوراق التي تشبعت بالكلمات، وأخذ يرتعش!

لقد كتب! أمسك قلمه مجددًا وكتب!

الآن عليه أن ينتظر، فما سيحدث له في عالم الواقع هو ما سيحدث له في عالم الرواية التي يكتبها.. أما الآن، فهو يستحق أن يكافئ نفسه بغداء شهي، وكوب كبير من الكاكاو.. ثم يكتب هذا ضمن أحداث الرواية!

أي شيء سيفعله أو يحدث له سيكون ضمن أحداث الرواية!

وابتسم لنفسه مغمغمًا:

ـ لأتصرف إذن كما يليق ببطل روايتي أن يتصرف!

ثم أشعل سيجارة أخرى، وخرج من غرفته، ليتنسم الهواء المعبق برائحة شواهد القبور.

ورآها...

كانت هناك، بالقرب من غرفته، تهم بركوب سيارتها التي اشتركت مع ثوبها في اللون الأسود، وعلى عينيها منظار داكن أخفى نصف ملامحها.. وقد تكفلت خصلات شعرها بإخفاء النصف الآخر.

كانت تهم بركوب سيارتها عندما رفعت رأسها بغتة ونظرت إليه!

ثم تقدمت نحوه!

أما هو، فتسمر في مكانه مأخوذًا، حتى أصبحت أمامه مباشرة

لتقول بإنجليزية صميمة:

ـ لقد جاءوا من أجلك!

وقبل أن يستوعب عبارتها، كانت قد عادت إلى سيارتها

لتنطلق بها مخلفة عاصفة من الغبار.

وفي ذهنه بدأت أفكار عديدة تتولد...

إنها إنجليزية، لغتها ذات الوطء الثقيل تقول هذا.

إنها تعرفه، لقد تحدثت إليه وكأنها تعرفه حق المعرفة.

لقد جاءوا من أجله.. هي قالت هذا!

مَن هي؟ ومَن هم؟

و... مهلًا.. أتراها هي التي كتبت تلك الورقة؟

ـ صباح الخير يا أستاذ يوسف.

أدار عينين شاردتين إلى مصدر الصوت، ليجد ذلك العجوز،

ذا الجلباب القذر، الذي أجر له الغرفة، يفرك كفيه، مبتسمًا في

لزوجة.

وبشرود امتزج ببعض الضيق، أجابه:

ـ صباح الخير!

ثم لم يتمالك نفسه أن يسأله:

ـ مَن هذه السيدة؟

بدا العجوز وكأنما ينتظر أن يسأله هذا السؤال، إذ انطلق:

ـ إنها أجنبية.. جاءت هذا الصباح لتشرف على دفن ستة من بلدتها، في قطعة الأرض المجاورة.. ويبدو أنها غنية بحق.. لقد دفعت بسخاء، ووضعت للقبور شواهد رخامية أنيقة لم أرَ مثلها من قبل.. بل والأغرب من هذا، لقد وضعت القبور، في شكل دائرة.

دائرة؟!

رنت الكلمة في أذنه بعنف، جعلته ينتفض بذهول، ثم اندفع يعدو عبر شواهد القبور، على نحو أدهش العجوز، وجعله يضرب كفًّا بكف مغمغمًا:

ـ هل جُن؟ أم ماذا؟

أما هو، فقد أخذ يعدو لاهثًا بين شواهد القبور وفي ذهنه فكرة.. بل أمنية واحدة: ألا يكون ما يظنه حقيقيًّا.. ولكنه إذ وصل، كانت الكلمة الوحيدة التي استطاع أن ينتزعها من بين لهاثه، هي:

ـ مستحيل!

فأمامه تراصت القبور الستة في دائرة كاملة، تمامًا كما رآها ليلة أمس!

* * *

لساعات طويلة، لم يستطع يوسف سوى أن يدخن.

وفي ذهنه عربدت الأفكار والتساؤلات والخيالات، لتصيبه بصداع تكاد خلايا عقله تذوب معه.

ثمة شيء ما خطأ فيما يحدث.. ما هو بالضبط؟!

تصاعدت طرقات على باب غرفته، فهتف من مكانه:

ـ مَن؟

أتاه صوت حارس المقابر العجوز، مفعمًا بالود:

ـ إنه أنا يا ولدي.

شعر ببعض الارتياح لمجيئه، فقام يفتح له محاولًا رسم ابتسامة ترحيب على شفتيه:

ـ أهلًا بك يا والدي.

نظر إليه العجوز بعينين لا تطرفان، ثم قال:

ـ ما بك يا ولدي؟

أراد يوسف أن يمنحه إجابة باترة، يريحه بها، إلا أنه وجد نفسه يحكي له على كل شيء...

القبور.. الورقة.. السيدة الأجنبية.. الدائرة.. الرواية...

وما إن أتم حتى ابتسم الحارس العجوز قائلًا:

ـ ولمَ تشغل ذهنك في هذا؟ ليكن الأمر ما يكون طالما لا يضرك.

ـ لكن.. كيف؟!

ـ يا ولدي.. الحياة أعقد من أن نقف عند كل مشكلة فيها.. ثم إنك تقول إنك تكتب ما يحدث لك في روايتك، أي أن الأمر قد عاد عليك بفائدة رغم كل شيء.. أليس كذلك؟

أطرق يوسف لحظة ثم قال:

ـ السيدة الأجنبية كانت تحاول إخباري رسالة ما.. رسالة
تتعلق بما وجدتُه في الورقة.. ثمة شيء ما عليَّ فهمه!
أجابه الحارس ببساطة:
ـ لا بأس.. حتى تتبين لك حقيقة الأمر، واصل حياتك كأن
لا شيء هنالك!
ثم نهض ليردف:
ـ دعنا نتمشى قليلًا في الخارج.. سيريح هذا أعصابك.
هز يوسف رأسه موافقًا، وانطلق معه إلى الخارج، وهو يقلب
ما قاله الحارس العجوز له، في رأسه..
لَمَ لا؟ ليترك الأمر يمضي حتى يفهمه.
ثم إنها أحداث أخرى تضاف إلى روايته.
وعلى شاهد أحد القبور، استقر بهما المقام، فأخرج العجوز
سيجارة غليظة من جيبه أشعلها، وقد أخذ يرمق القمر في سكينة.
وبفضول سأله يوسف:
ـ لم أعرف اسمك بعد.
ـ اسمي فهمي محمد.
ـ وأنا يوسف يحيى.
ـ تشرفنا.
قالها ولاذ بالصمت مجددًا، فرفع يوسف عينيه إلى القمر هو
الآخر ليغوص في بحر ذكرياته.
تذكر طفولته، وحيدًا بلا إخوة.. ثم يتيمًا بلا أبوين بعد أن

مات والداه في حادث على الطريق.. تذكر جارته الحسناء، والرسائل المراهقة التي كان يلقيها على نافذتها.. تذكر يوم رحلت مع أسرتها لتزيد وحدته وحدة.. بعدها لم يبقَ له سوى القراءة والكتابة.

عوالم حالمة يسبح فيها، ليضع بعدها عوالمه هو على الورق.. الكتابة تمنحه سحرًا ما بعده سحر...

سحر أن يكون المسيطر...

أن يملأ عالمه الوحيد بأبطال قصصه، ثم يسيرهم كما يشاء.

ـ ما هذا؟

قالها العجوز بغتة وهو ينهض من على شاهد القبر، فحدق يوسف فيه لحظة شاردًا، ثم انتبه لقوله ليتساءل:

ـ ما الذي حدث؟

ـ أعتقد أنني رأيت شيئًا ما!

ثم اتجه إلى دائرة القبور، وقد بدا عليه الاستغراب، فتتبعه يوسف حتى بلغا منتصف دائرة القبور.

وهناك رأى يوسف ما جذب انتباه الحارس العجوز.. رأى جثة ذلك الكلب الضخم التي رقدت أمامهما بلا حراك!

وببطء مال الحارس العجوز على الجثة، ليتحسسها قائلًا:

ـ إنه بارد! لقد مات منذ زمن!

لم يجبه يوسف بحرف.. بل أخذ يحدق في جثة الكلب برهة، ثم انتقل بعينيه إلى شواهد القبور من حوله.

ورغمًا عنه تسلل إليه شعور عجيب، شعور بأنه محاصر!

أما العجوز فهب واقفًا ببساطة ليقول:

ـ لأدفنه قبل أن تفوح رائحته! ساعدني ولا تخف.. لن يؤذيك..

فائدة الميت الوحيدة، أنه لم يعد قادرًا على الإيذاء مجددًا.

ولم يعرف يوسف لماذا وجد نفسه يجيب:

ـ أرجو هذا!

بل ولم يدرِ سر تلك القشعريرة الباردة التي كانت تغزو جسده بقسوة!

* * *

عندما عاد إلى غرفته، بعد منتصف الليل، لم يكن قادرًا سوى على النوم.

لذا بدل ملابسه، وأطفأ المصباح.. ثم ألقى بجسده على الفراش.

كل ما كان يريد الظفر به هو النوم العميييق.. لكنه لم يظفر به!

شيء ما جعله يستيقظ قبل الفجر.. صوت خطوات!

فتح عينيه ببطء مرهق، شاعرًا أنه لا يزال يحلم.. ورغم الظلام الدامس شعر بوجود شيء ما يتحرك.

وعيه يعود إليه بالتدريج.. الآن يدرك أنه ليس شيئًا.. إنه شخص!

عيناه تتكيفان على الظلام.. إنه شخص ما يقف في الظلام أمامه مباشرة!

يسترد وعيه كليًّا.. هذا الشخص يحمل سكينًا، يلتمع نصله في ضوء القمر، بكلتا يديه، ويهم بغرزه في قلبه!

ومدركًا هذا كله تصلب جسده في رعب مطلق.. كانت لحظة من اللحظات التي تعجز فيها غريزة البقاء عن اتخاذ رد فعل إيجابي!

لكنه على ضوء القمر الشاحب رأى النصل يرتجف في يد صاحبه.. ثم خرج من حامله صوت مألوف، صوت أنثوي يتحدث بالإنجليزية، وقال بلهجة مرتعشة:

ـ أنت.. أنت.. لقد دمرت حياتي!

إنها السيدة التي رآها صباحًا، ويبدو أنها جُنت!

وبغتة هوت بالسكين فأغمض عينيه، وقد فقد القدرة على التنفس.. ثم.. المعدن البارد يسقط على صدره، ثم صوت خطوات مسرعة إلى الخارج.

وعندما فتح عينيه، كانت غشاوة رقيقة من الدموع على عينيه.. دموع الانفعال.

إنه حي.. حي.. حي.. لم تقتله!

تلك الحقيرة!

وإذ تحول انفعاله إلى ثورة هائلة، أمسك بالسكين، وانطلق يعدو إلى الخارج مطلقًا صرخات غضب مجنونة.

لكن صوت السيارة المبتعدة أتاه من بعيد، فوقف يلهث وجسده كله يرتجف.

لقد هربت.. القاتلة المجنونة هربت!

وململمًا أشلاء أعصابه، استدار ليعود إلى غرفته وقد فقد قدرته على النوم.

دخل، أضاء المصباح، و... واتسعت عيناه في ذهول، تحدقان في الهول الذي حدث.

فهذه المرَّة، كانت الصدمة أكثر قسوة من أن يحتملها!

✳ ✳ ✳

الليلة الثالثة

فتش عن المرأة!

أشعل يوسف سيجارة ثم أخذ ينفث الدخان في سماء الغرفة.

حسنًا.. ليرتب أوراقه.. الساعة الآن الخامسة صباحًا، ولن ينام على كل حال.. لذا لنبدأ، فالموقف كالتالي:

لقد انتقل للإقامة في تلك الغرفة جوار المقابر ليتفرغ للكتابة، لكن كل شيء حوله اجتمع على منعه من تحقيق مبتغاه.

أولًا، رأى تلك القبور الستة قبل أن توضع في مكانها، ثم رآها في اليوم التالي إذ وضعت على شكل دائرة مكتملة.

ثم جاءت تلك الرسالة الإنجليزية التي تطلب منه أن يعلن نفسه عضوًا ميتًا في الليلة التاسعة.

بعد هذا، يأتي دور السيدة الإنجليزية التي كادت تقتله في فراشه، وهي تردد بهستيريا أنه دمر حياتها!

وأخيرًا، وأخيرًا أكل ما كتبه في تلك الرواية التي استوحاها

١٩٢

من الأحداث الدائرة من حوله.. ست أو سبع صفحات، ترقد أمامه الآن ناصعة البياض، كأنما لم يمسها قلم!

أما ما كتبه فهو أمامه الآن.. مكتوب على الحائط.. كله على الحائط!

أحدهم نقل كل ما على الورق إلى الحائط بمعجزة ما.. والأدهى أنه نقله بخطه هو!

بل ولم يكتفِ بهذا، بل كتب المزيد.. فإلى جوار سطوره، تراصت سطور أخرى بالإنجليزية، وبذات الخط المائل المرسوم الذي كان يقول هذه المرَّة:

ورأى يوسف كلماته وقد خطت على الحائط، فلم ينم ليلتها، بل أخذ يدخن ويفكر.. يفكر في حل لهذا كله، حل منطقي للامنطقية الدائرة من حوله.. وفي اليوم التالي انطلق ليبحث عن السيدة الإنجليزية.

ومطفئًا سيجارته، غمغم يوسف ساخرًا:

ـ رغم أن أسلوبه رديء، إلا أنه يساعدني حقًّا في كتابة الرواية.

ومع أول أسهم من أشعة الشمس اخترقت زجاج نافذته، معلنة عن مولد الفجر، ألقى يوسف بجسده المكدود على الفراش، مزمعًا النوم.

لكنه كان يرتجف.. وبشدة!

فهو يعرف، بل يدرك أنه ما إن يستيقظ حتى ينطلق يبحث عنها...

عن السيدة الإنجليزية.

* * *

ـ تنام كثيرًا يا سيد يوسف.

قالها العجوز الذي أجر له الغرفة، إذ استيقظ عصرًا، فأجابه بصبر نافد:

ـ كنت مستيقظًا طيلة الليل!

ـ لماذا؟

ـ كنت أفكر في خطة لخنقك!

ـ ماذا؟!

ـ لا عليك.. أريد أن أسألك عن شيء ما.. عن تلك السيدة الإنجليزية التي جاءت أمس.

فرك العجوز كفيه، ليقول متخابثًا:

ـ ماذا عنها؟

ـ ما اسمها؟ وكيف أجدها؟

هرش العجوز رأسه مفكرًا، وقال:

ـ لا أتذكر اسمها بالطبع.. لقد كان اسمًا غريبًا يصعب نطقه، لكني سمعتها تتحدث بعربية ركيكة للغاية عن فندق ما.. لا أتذكره، آسف! لكن لماذا تسأل على كل حال؟

فكر يوسف لحظة في أن يقص عليه أحداث الليلة الماضية،
لكنه أحجم عن هذا ليقول:

ـ حاج سيد، أريد أن أحدثك على انفراد.

لم يكن هناك أحد بالجوار، لكن يوسف وضع ذراعه على
كتف العجوز، وانتحى به جانبًا، ليهمس له في خطورة:

ـ حاج سيد، إنني أراقب هذه السيدة، لكن يجب أن يبقى كل
ما سأقوله لك بيننا فحسب.

استبد الخوف بالعجوز، فهتف:

ـ هل أنت مباحث؟

ـ نعم.. والآن أخفض صوتك وأصغِ لي جيدًا.. نحن نعتقد أنه
ثمة شيء ما في التوابيت التي دفنتها تلك السيدة، مخدرات
في الواقع، لكن يجب أن يبقى كل ما سأقوله سرًّا لا يخرج من
أحدنا مهما كان السبب! ونحن الآن في حاجة لمساعدتك!

ـ كيف؟

ـ أخبرني، كيف أجد هذه السيدة؟

أجاب العجوز ببساطة:

ـ عن طريق العربة التي نقلت التوابيت.. لقد كانت مؤجرة
من شركة «...».

حدق يوسف في العجوز مأخوذًا، متسائلًا كيف استطاع هذا
الوغد حل مشكلته بهذه البساطة!

ليتمالك نفسه الآن، فهو رجل مباحث لا يفترض به أن يندهش.. لذا قال بصرامة متوترة:

ـ عظيم! لتبقِ كل ما قلناه الآن سرًّا بيننا.

وتركه ومضى في خطوات سريعة، والهواجس تمزق تفكيره..

لقد عرف كيف سيجدها، ولكن...

ما الذي سيفعله معها؟

ما علاقتها بكل ما حدث أصلًا؟

ثم، مهلًا.. لماذا لا يكون ما قاله للعجوز صحيحًا؟

عصابة دولية تهرب المخدرات في توابيت وتريد استخراجها..

ومشكلتهم تتمثل في شاب مصري وحيد يقطن المقابر، قد يكشف خطتهم.

ما الحل إذن؟ لنخيفه.. لنخيفه حتى يترك كل هذا ويهرب! لمَ لا؟

لا.. لا.. ماذا عن القبور؟ الرسالة؟ خطه على الحائط؟ إنه يريد أن يفهم.. حل منطقي للامنطقية!

حل ـ ربما ـ يعثر عليه عند السيدة الإنجليزية.

* * *

وبعد عدة ساعات كان يوسف يخرج من مكتب الشركة، قابضًا على ورقة بين أنامله.

اسمها «إليزابيث كافنديش».. بريطانية.. تقيم حاليًا في فندق

من فنادق الدرجة الثانية في قلب العاصمة.. ها قد عرف كيف يصل إليها، وبقي أن يعرف ما الذي سيفعله معها.

وفي الأغلب لن يحدث هذا إلا حين تصير أمامه.. عندئذ سيعرف.. سيفهم...

وسينتهي هذا كله...

أو سيبدأ!

* * *

الساعة الآن التاسعة والنصف مساءً، والمشهد كالتالي:

يوسف يقف منتظرًا، مختبئًا خلف إحدى السيارات في ركن الشارع المظلم قرب مدخل الفندق.. توشك سجائره على النفاد، وقبضة الجوع تعصر معدته بعد يوم كامل لم يتناول فيه شيئًا.

لقد دخل الفندق وسأل عنها، ليعرف أنها خرجت منذ الصباح ولم تعد بعد.

لكنها تركت حقيبتها في الغرفة، وهذا يعني أنها لم تسافر عائدة إلى بلدها.. وهذا يعني أنها ستعود إلى هنا إن عاجلًا أو آجلًا.

عظيم! لكن متى ستأتي؟ إن الانتظار يحرقه ببطء!

وأخذت الساعات تمر عليه كالقرون!

وبعد أن نفدت سجائره، وصبره، وقدرته على التحمل، وقفت تلك السيارة السوداء أمام الفندق، بصرير ينم عن قيادة خرقاء، ثم خرجت هي من السيارة، تكاد تسقط لفرط

١٩٧

ما أسرفت في الشراب.. إنها لمعجزة أنها نجحت في القيادة إلى هذا الحد.

راقبها يوسف وهي تترنح داخلة الفندق، ثم قرر ما سيفعله: سينتظر حتى تصعد، ثم سيتسلل خلفها إلى غرفتها حيث لن تقاومه في حالتها هذه.

المهم أن يستطيع أن يخرج منها كلمة واحدة وهي في هذه الحالة!

والآن حان وقت الانطلاق.

اجتاز المدخل.. متجهًا إليها!

بلغ السلالم.. متجهًا إليها!

اجتاز الممر.. متجهًا إليها!

ثم وقف أخيرًا أمام باب غرفتها يرتجف انفعالًا.. مد يده على الباب ليطرقه، فتحققت أسوأ كوابيسه.

الباب مفتوح!

هل يدخل؟ لا مفر.. لذا دفع الباب بيده ودخل.

وبدأ المشهد الذي يراه يتشكل في مخه ببطء مخيف.

غرفة صغيرة، منضدة، مقعدان، سرير في منتصف الحجرة..

هي ممددة على السرير، مذبوحة! الدماء تنزف من جرحها باطراد! السكين في يدها! لقد ذبحت نفسها.. الدماء تتجمع على الفراش.. عيناها الجاحظتان ترمقانه بنظرة اتهام مريرة، وثمة ورقة على المنضدة مكتوب عليها بخط هستيري رديء:

أنت دمرت حياتي.

وعلى الحائط.. وبالدماء.. كُتب:

لقد خالفت القوانين.. عليك أن تعلن نفسك عضوًا ميتًا في الليلة التاسعة.

!!!!!!!!!؟؟؟؟؟؟؟؟؟!!!!!!!!!

الآن تكتمل الصورة في ذهنُ يوسف.

والآن يسقط مغشيًا عليه عند باب الغرفة!

* * *

الليلة السابعة

فقدنا ثلاث ليالٍ!

استجمع كل إرادته وقوته ليزيح تلك الغمامة السوداء من على عينيه، فاكتشف أنها جفناه.

رفعهما لحظة، فآلم الضوء الساطع عينيه، فأغلقهما مجددًا في ألم، ثم عاد يفتح عينيه على اتساعهما.. طالعه وجه ذلك الكهل المبتسم، الذي خرج صوته ليرن في أذنيه:

ـ لقد استيقظت مجددًا.. سأعطيك المهدئ.

وشعر يوسف بوخز الإبرة في ذراعه، ثم بالمهدئ يسري في عروقه.

ما الذي حدث؟

قرأ الكهل تساؤله في عينيه، فأجاب:

ـ أنت في المستشفى.. لقد ظللت ثلاث ليالٍ تحت تأثير

المخدر، لذا ستشعر بنوع من العجز عن التفكير، وإن كنت تسمع ما أقوله الآن، استرخِ تمامًا، وسأعود إليك.

وارتفع وجه الكهل، ثم غاب عن مجال إبصاره.. وفي ذهن يوسف بدت الكلمات كالبخار، تولد وتتلاشى بأسرع مما يستوعبها!

المستشفى.. المعاطف البيضاء.. طلاء الجدران هذا.. إنه يذكر هذا المكان...

لكنه لا يذكر وجه الكهل.. ثم.. ثم.. ثلاث ليالٍ تحت تأثير المخدر!

هل ما زال تحت تأثيره؟

كل ما يذكره هو دماء.. دماء كثيرة.. امرأة مذبوحة!

«إليزابيث كافنديش».. دماااااااااء!

وتحول بخار الأفكار في رأسه إلى عاصفة عاتية.

ما الذي جاء به إلى هنا؟! ما الذي حدث؟!

لقد كان يقف عند باب غرفتها حين فقد الوعي، لكن عن أي ثلاث ليالٍ تحدث هذا الرجل؟ هل ظل مغشيًّا عليه لثلاث ليالٍ كاملة؟!

كيف؟!

المنوم.. لقد خدروه لأنه كان...

ـ هل استرددت وعيك؟

أدار رأسه ببطء فطالعه وجه الكهل مجددًا، وقد جلس جوار فراشه، ليقول:
ـ والآن أصغِ لي جيدًا يا أستاذ يوسف.. لقد عرفت اسمك من البطاقة.
ـ ما.. الذي.. حدث.. لي؟!
ـ لقد عثروا عليك في غرفة فندق ومعك جثة سائحة إنجليزية مذبوحة.. ولقد أصبت أنت بحالة هياج عصبي ما إن استيقظت، اضطررنا معها إلى تخديرك طيلة هذا الوقت.. والآن الشرطة تريد استجوابك، لكنك لست مضطرًّا إن لم تكن مستعدًّا بعد.
ازدادت عاصفة الأفكار في رأسه هياجًا.. استجواب؟! ما الذي سيفعله؟
ـ هل أصبح جاهزًا؟
اقتحم الصوت البارد القاسي أفكاره، فأدار عينيه إلى ذلك الضابط الشاب الذي وقف عند باب الغرفة يحدجه بنظرة اتهام.
ـ بإمكانك أن تحاول معه، لكن لا ترهقه كثيرًا.
قالها الطبيب الكهل، ثم غادر الغرفة ليتركهما معًا.. أما الضابط، فقد اقترب من فراش يوسف مسددًا إليه نظرات اتهام لا تعرف الرحمة، وقال:
ـ يوسف، ما الذي كنت تفعله في غرفة القتيلة؟

ـ لا.. لا أذكر!

قالها وأشاح بعينيه بعيدًا عن سهام الاتهام الموجهة.. إنه لن يصدقه لو أخبره بالحقيقة، لو كان يملك حقيقة ليقولها.. لذا فليمض في تمثيلية فقدان الذاكرة هذه.

عاد الصوت البارد القاسي، الذي يشعره بالذنب لسبب لا يفهمه، يقول:

ـ ماذا تعني بـ«لا أذكر» هذه؟ لقد كنت هناك!

ـ هناك؟ أين؟

ـ في غرفة القتيلة «إليزابيث كافنديش»!

ـ أي قتيلة؟! أنا لم أقتل أحدًا!

ـ أعرف أنك لم تقتلها.. لقد انتحرت! لكننا وجدناك عند باب غرفتها، فما الذي أتى بك إلى هناك؟

ـ لا أذكر.

بدا الضابط وكأنما سينقض عليه لينتزع حنجرته، إلا أنه جذب نفسًا عميقًا أخرجه في صوت هادئ يقول:

ـ حسنًا إذن.. سننتظر أن تمر علينا يا سيد يوسف ما إن تخرج من هنا، وسأترك أحد الجنود أمام باب غرفتك لأتأكد أنك لن تنسى.

ودون أن ينتظر رده غادر الغرفة بخطوات مسرعة.

أما يوسف فتجاهل هذا كله، وأخذ يفكر في المشكلة الأهم:

لقد أضاع ثلاث ليالٍ، وهذا يعني أنه في الليلة السابعة، وأن الليلة التاسعة اقتربت دون أن يفهم أي شيء بعد!

أمله الوحيد الآن يكمن في معرفة مَن هم أصحاب القبور الستة.. يجب أن يعرف مَن هم.

فقط لو استطاع أن يخرج من هنا.. أو بمعنى أدق، لو هرب من هنا!

بصعوبة استعاد السيطرة على عضلاته، ليهب من على الفراش، متجهًا إلى الخزانة في ركن الغرفة.. لا بد أنهم يحتفظون بملاءات إضافية هنا.

هل ستبحث عنه الشرطة؟ بالتأكيد، لكنهم لن يعثروا عليه بسهولة، وهو لا يبغي إلا أن يتركوه حتى الليلة التاسعة. بعدها...

بعدها ـ على الأغلب ـ لن يصنع عثورهم عليه أي فارق!

* * *

«صمويل لانجرهام».. «كامبريدج».

«آلان ديرمو».. «كامبريدج».

«توم فريمان».. «كامبريدج».

«ستيفن كونتز».. «كامبريدج».

«جوزيف ساندر».. «كامبريدج».

«بيتر مورجان».. «كامبريدج».

ووسط القبور الستة، وقف يوسف محاولًا فهم ما يحدث. صحيح أن هروبه كان مرهقًا.. صحيح أن آثار المهدئ لم تتلاشَ بعد.. لكنه يريد أن يفهم...

لماذا جاءت هذه القبور بعد مجيئه؟

لماذا يتلقى تلك الرسائل على جدران غرفته؟

لماذا كادت «إليزابيث كافنديش» أن تقتله؟ ولماذا انتحرت بعدها؟

كل ما يريده هو أن يفهم.

ـ أستاذ يوسف.. إنه أنت.

ارتفع صوت الحاج سيد بهذه العبارة، فأدار إليه عينين صامتتين.

ـ أين كنت طيلة هذه الفترة؟ لقد قلقت عليك!

أراد أن يجيبه، لكنه لم يستطع، ليواصل العجوز:

ـ لقد اختفيت فجأة، وسألت عنك، لكن...

انتزع يوسف الكلمات من حلقه ليقاطعه:

ـ أين حارس المقابر؟

ـ أي حارس؟

ـ الرجل العجوز الذي يعيش هنا؟

التمعت الحيرة في عيني الحاج سيد وهو يقول:

ـ لا عجوز هنا سواي! عن أي رجل تتحدث؟!

تسللت العصبية إلى نبرات يوسف:

ـ مَن يحرس هذه المقابر؟

ـ أنا!

ـ ولا أحد سواك؟

ـ لا أحد!

ـ اللعنة!

ها هو لغز جديد يجد طريقه إلى حياته.. الرجل العجوز الذي كان يجلس معه طيلة الليل، لا وجود له!

مرحى.. هذا هو ما كان ينقصه!

ـ أستاذ يوسف.. إنك تبدو مرهقًا للغاية، و... وما هذا الذي ترتديه؟!

نقل يوسف عينيه بين رداء المستشفى ووجه الحاج سيد، ثم قال:

ـ سأذهب إلى غرفتي.

وتركه بخطوات متثاقلة، وقد قرر أن يذهب هذا كله إلى الجحيم، فهو الآن لا يريد سوى أن ينام!

وعلى باب غرفته وقف.. فتح الباب ثم أضاء المصباح.

وبعينين خاويتين أخذ يرمق الجدران، التي أغرقتها السطور الإنجليزية ذات الخط المائل المرسوم.

لقد فاته الكثير إذن.. لكن لا بأس.. سيترك هذا للغد، لأنه الآن... سيناااام.

* * *

الليلة الثامنة
السبعة!

استيقظ يوسف في اليوم التالي وقد زال أثر المخدر من أوصاله، فنظر إلى جدران الغرفة نظرة سريعة ثم غمغم:

ـ لأستعد أولًا.

ارتدى ملابسه ليغادر الغرفة، ثم عاد بعد ساعة وهو يحمل إفطاره، وعلى المشعل الصغير في ركن الغرفة، ترك المياه تغلي.. الجدران لن تطير على أية حال!

وما هي إلا دقائق حتى جلس على كرسي أمام الجدار، ممسكًا بكوب شاي تتصاعد الأبخرة من على سطحه، مشعلًا سيجارة، ليبدأ في القراءة.

بدأ يقرأ قصة السبعة.

* * *

الزمان: عام ١٧٣٠

المكان: «كامبريدج». ذلك المنزل العتيق، ذو المدخل الضيق، والسلالم الملتوية كأفعى، وفي الأعلى غرفة ضيقة بها طاولة خشبية مستديرة حولها سبعة مقاعد.

وعلى المقاعد تراص السبعة: «بيتر مورجان» و«صمويل لانجرهام» و«آلان ديرمو» و«توم فريمان» و«ستيفن كونتز» و«روبرت داوني» و«جوزيف ساندر».

في ذلك الوقت في «كامبريدج»، كان شعار الشباب الأوحد هو

تكوين الجمعيات: جمعية محبي طوابع البريد، جمعية كارهيها، جمعية جامعي العملات، جمعية اللامؤمنين بالعملات، جمعية سرقة الملابس النسائية وحرقها في احتفال مهيب!

أي جمعية.. المهم أن ينضم كل شاب إلى جمعية، وأن تكون لهذه الجمعية قدسيتها التي لا تقل بالنسبة له عن قدسية الكنيسة ذاتها.

لكن هؤلاء السبعة كانوا مختلفين.. وكانت جمعيتهم مختلفة أيضًا.

كانت جمعية ذات قانونين لا ثالث لهما: أولهما، ألا يزيد أو يقل عدد أعضاء الجمعية عن سبعة أيًا كان السبب. أما ثانيهما، فهو عدم التغيب عن اجتماعات الجمعية في الثاني من نوفمبر من كل عام مهما كان السبب، حتى لو كان الموت ذاته هو السبب!

قد يبدو هذا غريبًا، لكن الأغرب حدث عام ١٧٤٣، وقبل ميعاد الاجتماع بيومين فحسب.

ففي ذلك اليوم مات «آلان ديرمو» في مبارزة، لكنه ـ عملًا بقواعد الجمعية ـ حضر الاجتماع في ميعاده، حيث قضوا الوقت في الرقص والغناء ولعن كل المقدسات في كل دين.. وفي نهاية الاجتماع أعلن «آلان ديرمو» نفسه عضوًا ميتًا!

وعن هذا تقول سجلاتهم التي تركوها، ليعثر عليها فيما بعد المؤرخ «كيلي كوش»، إن ستة أزواج من العيون الذاهلة حدقت

في «آلان ديرمو».. شبحه على الأدق، وإذا استطاع أحدهم النطق، كان ما قاله هو:

ـ ولكن.. كيف؟

ـ لماذا كيف؟

ـ لأن هذا غير منطقي.. لأنك ميت!

ـ أخبروني عن أكثر الأشياء منطقية، وسأجد لكم شيئًا غير منطقي فيها.

ـ !!!!!!

ومرت السنوات.. وتوالت الوفيات، وازداد عدد الموتى حتى بلغ ستة!

ولا بد أن الهلع قد استبد بالسابع الذي كتب يقول: «لست أفهم ما الذي يحدث! لم أعرف كيف بدأنا هذه الفكرة المجنونة، ولا أعرف كيف ستنتهي! إنني الوحيد الذي بقي حيًّا، ولقد عزمت على تدمير كل شيء قبل فوات الأوان!».

إلى هنا ينتهي دور السجلات.

أما ما حدث بعد ذلك، فلم تذكره السجلات.

ففي الليلة التي كتب فيها السابع، «روبرت داوني»، أسطره هذه، عاد إلى منزله وقلبه يخفق بعنف.. يجب أن ينتهي هذا كله.. يجب.. لكنه يدرك أنه لن ينتهي بسهولة.

يدرك أن الستة معه طيلة الوقت.. لا ليس في الاجتماعات فحسب، بل في كل وقت وكل مكان!

يدرك أنه العضو الوحيد الحي، وأنَّ لهذا ثمنه!

يدرك أنه خالف قواعد الجمعية.. أهم قوانين الجمعية.. ولقد عرفوا!

والآن هو يدرك أنها ليلته الأخيرة.. لذا عليه أن يسرع، وأن ينهي كل شيء كما بدأ!

جلس على مكتبه، وأخرج أوراقه، ثم أخذ يخط رسالته الطويلة.

وإذ انتهى كان يمسك برزمة الأوراق ويلهث.. ترى هل ستصدقه؟ هل سيصدقه أحد؟ نادى على الخادمة النحيلة الباردة، فجاءته لتقول ببرود:

ـ نعم يا سيدي.

ـ «هيلين»، خذي هذه الأوراق وضعيها في مظروف، وأرسليها إلى يد الملكة «كارولين» شخصيًّا.

ـ ماذا؟!

ـ نفذي يا «هيلين»، لا وقت للجدال! وثمة شيء آخر عليك القيام به، لذا أصغي لي جيدًا.

وألقى على مسامعها بكل ما لديه.. كانت وصيته الأخيرة!

ففي الصباح عثروا على جثته شاخص العينين، وكان الشيء الوحيد المؤكد في موته هو أنه لم يكن طبيعيًّا بالمرَّة.. لم يكن كذلك أبدًا.

الآن يقف يوسف في منتصف الغرفة يرتجف.

الآن يعرف مَن هم الستة، أصحاب القبور.

لقد جاءوا من أجله.. استخدموا تلك السيدة، «إليزابيث»، لتنقل قبورهم إليه.. وهو لا يحتاج إلى تأكيد ليدرك أن الغد سيكون الثاني من نوفمبر...

سيكون الليلة التاسعة!

ولكن.. ما علاقته هو بهذا كله؟ لا يزال لا يفهم!

لكن عليه أن يتصرف وبسرعة.. عليه اتخاذ ردة فعل ما.. عليه أن...

لكن الطرقات الهادرة انتزعته مما هو فيه، ليهتف بانفعال:

ـ مَن؟

أتاه صوت الحاج سيد مفعمًا بالهلع:

ـ أستاذ يوسف، افتح رجاءً.

غمغم يوسف بضجر:

ـ ما الذي يريده هذه المرَّة؟!

وفتح الباب، ليجده يرتجف أمامه من فرط الانفعال، فسأله:

ـ ماذا حدث؟

ـ أعتقد أنه يجب أن ترى بنفسك!

ـ أرى ماذا؟

لم يجب العجوز هذه المرَّة، بل أشار تجاه القبور التي بدت وكأنما تمتد بلا نهاية.

رسالة واضحة تقول: اذهب إلى هناك، إلى دائرة القبور.

رسالة استقبلها يوسف بصمت، قبل أن يتجه بخطوات بطيئة إلى هناك.

الليل يرسل نسماته الباردة، وألوانه القاتمة ترسم السماء من جديد.

الآن يقف أمام دائرة القبور السبعة.. سبعة؟! مهلًا، لقد كانوا ستة! بخطوات ذاهلة يخطو يوسف إلى قلب الدائرة، وتدور عيناه في استسلام قدري على الشواهد.

«بيتر مورجان» و«صمويل لانجرهام» و«آلان ديرمو» و«توم فريمان» و«ستيفن كونتز» و«جوزيف ساندر».. ثم «يوسف يحيى»!

قبر سابع انضم إلى الدائرة المخيفة، يحمل اسمه هذه المرَّة! والآن يدرك يوسف مَن هو السابع!

✻ ✻ ✻

الليلة التاسعة
السابع !

دارت عينا ذلك الرجل فيما حوله في بطء.. ثم شد قامته باعتداد، كما يليق بعقيد شرطة في مثل عمره، قبل أن يتقدم إلى دائرة الأحداث.

صفير سيارات الشرطة وأضواؤها الزرقاء تنعكس على شواهد القبور، تصبغ الموقف كله بطابع سينمائي محبب.. إن الأمر أشبه بفيلم، وهو أشبه ببطله!

وحين يمتزج صوت الصافرات بحركة الرجال بأجهزة المعمل الجنائي، في أوركسترا نادرة تعزف لحن الجريمة، يتقدم هو بشموخ لحل طلاسم الجريمة كالمعتاد!

نادى بصلف متعمد على أحد الجنود، فجاءه هذا مسرعًا، ليسأله:

ـ ما الموقف حتى الآن؟

ـ لم نعثر على الجثث بعد، لكننا عثرنا على هذه.

وناوله رزمة من الأوراق تلقفها هو باستنكار، فهتف:

ـ ما هذا؟!

أتاه جندي آخر يهتف بلهفة:

ـ سيادة العقيد، ثمة ما يجب أن تراه.

ـ ماذا؟

ـ الغرفة.. الغرفة التي كان يقطنها ذلك الشاب.. يجب أن ترى بنفسك!

اندفع العقيد بخطوات مسرعة إلى الغرفة، ولم يكد يدخلها حتى هتف:

ـ ما هذا؟!

ودارت عيناه في الجدران التي غطتها الكتابة الإنجليزية المرسومة، ليردف:

ـ أي عبث هذا؟

ثم أخذ يقلب في الأوراق في يده، مغمغمًا:

ـ علها تكون ذات فائدة.

وجلس على الفراش ليبدأ في قراءتها.

ومع السطور بدأ يعرف ما الذي حدث...

في الليلة التاسعة.

* * *

في ذلك اليوم، كان أمام يوسف الكثير ليفعله.

إنه اليوم.. إنها الليلة التاسعة!

لماذا لا يهرب؟ نعم يهرب.. يترك كل هذا الجنون ويرحل. الفرصة أمامه، وستمر الليلة التاسعة كأي ليلة أخرى، لكنه لن يكون هنا.

لكنه الفضول.. الفضول الذي قتل ألف قط قبله!

قد يرحل، لكنه سيقضي عمره كله عاجزًا عن الفهم.. يمضي عمره كله يفكر: ما الذي كان سيحدث لو ظل؟

لذا سيبقى.. لذا سيفعل ما يفعله.

من الواضح أنه السابع بصورة ما.. ومن الواضح أنه يجب أن يخضع لقوانينهم ويحضر الاجتماع، وأن يعلن نفسه عضوًا ميتًا.. لكن...

لكنه يملك لهم مخططات أخرى!

خرج في ذلك اليوم قاصدًا مكانًا ما، وعندما عاد كانت تلك اللفافة التي يخفي فيها المسدس ثقيلة في يده، تشعره بمزيج من الاطمئنان والرهبة.. إنه لم يستخدم مسدسًا من قبل، لكن مجرد وجوده كفيل ليشعر بالأمان.

فليأمل أنه لن يضطر لاستخدامه، وإن كانت كل الظروف من حوله تؤكد أنه لن يكون ذا فائدة أصلًا.

والآن ليكمل مجموعته.

ذهب إلى غرفة الحاج سيد العجوز مؤجر الغرفة، وطرق على بابه ليأتيه الصوت المنهك الخبيث:

ـ مَن؟

ـ أنا يوسف.

صوت حركة.. اصطدام بشيء ما.. خطوات.. ثم يفتح الباب الخشبي، ليطل العجوز من خلفه:

ـ أستاذ يوسف، تفضل.

ظل يوسف واقفًا مكانه، وهو يسأل:

ـ هل أحضرت ما طلبته منك؟

ـ نعم، نعم.. لكن هل ما زلت مصرًّا؟

ـ بالطبع.

ـ لو كنت مكانك، لاستدعيت أحدهم.. صدقني، لولا سني لما تركتك بمفردك.

ـ لا بأس.. سأذهب بمفردي وليكن ما يكون!

منحه العجوز نظرة طويلة مشفقة، ثم غاب في غرفته ليعود حاملًا معولًا، ناوله إياه قائلًا:

ـ هذا سيَفي بالغرض.

ـ عظيم! تذكر ما أخبرتك به جيدًا.

ـ سأفعل.. أعدك أنني سأفعل.

ودون إضافة عاد يوسف إلى غرفته، حاملًا المعول.

الآن سينام، وعند منتصف الليل تمامًا سيستيقظ، و... و... وسينزل إليهم!

* * *

عند دقات منتصف الليل، خرج يوسف من غرفته الكابوسية حاملًا المعول والمسدس.

ملأ صدره بأنسام الليل الباردة، ثم اتجه إلى دائرة القبور.

ترى، هل يرتجف جسده من البرد أم من الخوف؟

بلغ القبور السبعة التي بدأت الأعشاب تزحف على شواهدها، لتصنع أمامه لوحة قوطية مخيفة.. ذات اللوحة التي رآها في أول ليلة.

ولج بين الشواهد بصعوبة، ثم وقف في منتصف الدائرة محاولًا السيطرة على أعصابه.

ثمة أصوات ما تنبعث من القبور! أصوات همس!

هل بدأ يهلوس؟ لم يعد يدري!

الآن ليبدأ، فلم يعد يفصل بينه وبين الفهم سوى دقائق قليلة مهما طالت.

رفع المعول بأقصى ارتفاع، ثم هوى به جوار قبره! لكم يبدو الأمر ساخرًا!

لكم يبدو الأمر رهيبًا!

٢١٥

وبعد نصف ساعة كان قد انهار جوار القبر يلهث بعنف، وقد أدرك عدم جدوى ما يفعله.. إنه لن يستطيع المواصلة هكذا!

حاول زحزحة الواجهة الرخامية مستندًا بالمعول، فبدا أن هذا الحل أكثر منطقية.. ها هي الواجهة تهتز وتزأر.. وببطء شديد بدأت تتحرك...

تتحرك.. مزيد من الجهد.. تنزاح.. أكثر قليلًا.. ها هي ظلمات قبره تنكشف له!

الآن يرى الحفرة الضخمة التي كانت تختفي أسفل الواجهة الرخامية، لينهار جسده على حافتها، ولينظر إليها وهو يغمغم:

ـ كان يجب أن أحضر حبلًا!

لكن لا مجال للتراجع الآن.. لذا ألقى بالمعول في ظلام الحفرة، وبحركة يائسة، ألقى بجسده خلف المعول.

كان السقوط مؤلمًا، لكن الارتفاع لم يكن كافيًا لتتهشم عظامه.. لذا وقف بصعوبة داخل الحفرة، وتحسس طريقه حتى أمسك بالمعول مجددًا، فواصل الحفر، وظلام القبر من حوله يخنقه.

رجل يحفر قبره، عله يحل الغموض الذي دمر حياته في الليلة التاسعة.

وحين اصطدم المعول بواجهة التابوت الخشبي أخيرًا، ألقى بالمعول جانبًا، ثم استنفر عضلاته المجهدة ليزيح الغطاء، وفي أعماقه يتلوى سؤال عن كنه الذي سيجده أسفل هذا الغطاء!

وإذ أزاحه جانبًا، وقف يرمق ذلك النفق الطويل في باطن الأرض، الذي تبدى له على هذا الضوء الخافت...

الضوء الخافت القادم من أعماق الأرض!

وقف لحظة يصغي لأصوات الهمس، ثم غمغم:

ـ لقد جُننت! أرجوك يا إلهي! أرجو أن أكون جُننت!

وبعد لحظات من التردد، ألقى بنفسه في النفق، وهذه المرَّة تدحرج جسده طويلًا قبل أن يصطدم بالأرض، بعنف شعر معه وكأنما تهشمت كل عظامه.. لكنه تحامل على نفسه ليقف، وهو يتساءل:

ـ وصلت.. لكن.. أين؟

وعلى الضوء الذي ازدادت حدته رأى الممر الممتد أمامه، فاجتازه بخطوات حذرة، ويده تقبض على مسدسه، مسددًا إياه إلى أي من سيعترض طريقه.

وفي نهاية الممر، فغر فمه ذاهلًا، يحدق في المشهد أمامه.

وأمامه كانت تلك القاعة التي احتوت على منضدة خشبية، تراصت حولها سبعة مقاعد، وعلى سطحها رقد دفتر عتيق تراصت حوله الشموع.. دفتر من القرن الثامن عشر.

تقدم مأخوذًا من هذا كله، وجلس أمام المائدة.. هل تذكرون؟ حين جلس وأخرج أوراقه وقرر أن يكتب ما حدث ويحدث..

لقد كان هذا حين سمع الخطوات.

التفت مذعورًا والمسدس يرتجف في يده، ليصغي بانتباه إلى

صوت الخطوات القادمة.. خطوات أكثر من شخص يتجهون إليه.

يا إلهي! إن ما يراه الآن مستحيل! مستحيل!

فأمامه كان السبعة يدخلون إلى القاعة، واحدًا تلو الآخر..

مهلًا.. السبعة؟!

حدق ذاهلًا في السابع الذي دخل بخطوات وئيدة، ناظرًا في عينيه مباشرة.. في العجوز حارس المقابر الذي قابله في الليلة الأولى وجلس معه ليتسامرا!

خرجت الكلمة من فم يوسف كالفحيح:

ـ أنت؟!

أتاه الصوت الأجش، الذي لم يخلُ من الود بعد:

ـ نعم يا بني، أنا السابع!

تهاوت يد يوسف التي تحمل المسدس جواره، وهو يهمس ذاهلًا:

ـ ولكن.. كيف؟!

ظل العجوز صامتًا، في حين جلس الستة حول المائدة، رامقين يوسف في إصرار، ثم تحدث العجوز ليقول:

ـ القصة أعقد بكثير من أن أحكيها، ولكن لمَ لا؟ أصغِ جيدًا ولا تقاطعني إن كنت تبغي الفهم، وما أحسبك هنا إلاَّ لأنك تريد أن تفهم.. بالتأكيد أنت تعرف الآن قصة السبعة.

نطق أحد الستة الجالسين بإنجليزية عتيقة:

ـ بالتأكيد.. لقد كتبتها بنفسي على حائط غرفتك.. بالمناسبة أنا «آلان ديرمو».

واصل العجوز كأن أحدًا لم يقاطعه:

ـ السابع «روبرت داوني».. كان أحد أجدادي.. لا تندهش فأنت لا تعرف مَن هم أجدادك بعد.. أنت تعرف أنه خالف التعليمات إذ تزوج وأنجب، وبهذا أخل بكوننا سبعة.. وقوانين الجمعية صارمة لا تقبل النقاش.. لذا دفع الثمن في الليلة التي أفشى فيها سر الجمعية، إذ أرسل إلى الملكة «كارولين».. في هذه الليلة أرسل ابنته مع الخادمة إلى مكان مجهول، فتوالى نسله وسافر وهاجر وانتهى الأمر بي أنا.. أنا حفيد السابع!

سأله يوسف بتردد خائف:

ـ هل أنت.. ميت؟

شقت الابتسامة طريقها في ملامح العجوز، وهو يجيب:

ـ لا، أنا حي! لا بد أن يكون السابع حيًّا ليضمن استمرار الستة الآخرين! أظنك الآن تتساءل عن كيفية استمرارهم هم!

كان «صمويل لانجرهام» هو مَن تحدث بالإنجليزية العتيقة ليقول:

ـ تقصد أشباحنا.. لكن ألا تظن أنه لا داعي لأن يعرف؟

أجاب العجوز ببساطة:

ـ لا فارق.

ثم عاد يوجه كلامه إلى يوسف:

ـ المؤرخ الأحمق «كيلي كوش» ظن أنه فهم كل شيء عندما عثر على تلك السجلات في المنزل القديم في «كامبريدج»، لكنها لم تكن السجلات الحقيقية، فالسجلات الحقيقية ترقد أمامك الآن على الطاولة.. أنا الذي استطعت العثور عليها وحفظها بعد كل هذه السنوات، وأنا الوحيد الذي عرف كيف كانوا يستمرون.

انفجر يوسف بغتة:

ـ ما دخلي أنا بهذا كله؟!

طقطق العجوز بلسانه، وأجاب بلهجة عتاب أبوية:

ـ قلت لك لا تقاطعني! لقد كانوا يمارسون السحر الأسود.. كل اجتماعاتهم كانت لممارسة طقوس هذا الفن الغامض، حتى بلغوا فيه درجات لم يبلغها أحد، واكتشفوا أسرارًا لم يكن لأحد أن يعرفها.. من هذه الأسرار، كانت طريقة الاستمرارية.. ولهذا كانوا يحتاجون إلى ضحية.. ضحية آدمية!

وابتسم ابتسامة واسعة جعلته يسعل، قبل أن يردف:

ـ وأنت ستكون ضحيتنا الآدمية! لا تنكر أن كل ما حدث استدرجك إلى هنا بسهولة!

شعر يوسف كأن طرقات مخيفة تهوي على رأسه، وهو يدير عينيه ذاهلًا، غير مصدق، في وجوه السبعة ليجاوبوه بسبع ابتسامات مقيتة.

كل هذا كان عبثًا؟!
كل هذا ليستدرجوه إلى هنا؟!
خرجت الكلمات من فمه زائغة:
ـ لـ... لكن لماذا أنا بالذات؟!
وانتبه إلى سؤاله فأردف:
ـ هل جئتم من «كامبريدج» خصيصًا من أجلي؟!
أجاب العجوز ملوحًا بكفه في الهواء:
ـ آه، نسيت هذه النقطة.. يوسف، هل تتبعت أجدادك من قبل؟
ـ لا.
ـ ألا تعرف أن لك أصولًا أجنبية، وأن أحد أجدادك هو السيد «مكارث ستيفنسون»؟
ـ مَن هو «مكارث ستيفنسون» هذا؟
ـ إنه السيد الذي قتل «آلان ديرمو» في تلك المبارزة عام ١٧٤٣.. وأنت الحفيد الوحيد الذي لم يتزوج بعد.. أنت آخر النسل!
ـ !!!!!!!

* * *

الآن يتدلى فك يوسف ببلاهة، بينما يقول العجوز:
ـ لا وقت لنضيعه.. آسف يا بني، لكننا سنضطر لقتلك!
تراجع يوسف، ثم لم يلبث أن انتبه إلى المسدس الذي يحمله، فسدده إلى العجوز، وهتف:

ـ هل نسيت أنني من يحمل المسدس هنا؟
اندلعت الضحكات من سبعة حلوق، ثم قال «آلان ديرمو»:
ـ إنك لن تخرج من هنا على أية حال! نحن انتظرنا مئات
السنين، ولن يضيرنا أن نضيف إليها الوقت اللازم لتخور
قواك!
وأضاف العجوز باسمًا:
ـ أما أنا فأستطيع الانتظار!
هتف يوسف:
ـ ستخور قواك أنت أيضًا!
مط العجوز شفتيه، وقال:
ـ حينئذ سيتصرف هؤلاء السادة.. إن بقاءهم رهن بقائي!
ـ أشكرك.. هذا ما كنت أود التأكد منه!
والتمعت عينا يوسف بظفر، وهو يردف:
ـ ها أنت قد قلتها.. إن بقاءهم رهن بقائك.. وأنت حي مثلي،
والمسدس سيعمل معك بكفاءة!
توترت التجاعيد في وجه العجوز، وقال:
ـ هل ستقتلني؟!
ـ هل لديَّ خيار آخر؟
نظر العجوز نظرة استغاثة إلى الأشباح الستة، لكن يوسف
قفز بعيدًا عن متناول أيديهم، صائحًا:
ـ فليبق الكل في مكانه!

وفي ذهنه أخذت الأفكار تتواثب بأسرع من قدرته على الاستيعاب.. يجب أن يتصرف الآن! لن يستطيع تسلق الحفرة، ولن يتركوه يفعل لو حاول، وهو لن يظل هكذا طويلًا!

لقد كان الحاج سيد على حق حين أخبره أن يحضر أحدهم معه! الآن هو وحيد وسط مهرجان الأشباح هذا!

ما الحل؟

قال العجوز كأنما قرأ أفكاره:

ـ لا مفر أمامك! استسلم!

صرخ يوسف بعصبية:

ـ قف مكانك!

لكن العجوز واصل تقدمه:

ـ استسلم يا بني! استسلم!

ـ قلت لك الزم مكانك!

ـ استسلم! استسل...

وهمَّ العجوز أن ينقض، لكن رصاصة انطلقت من مسدس يوسف واخترقت صدره، فألزمته مكانه وأخرسته إلى الأبد!

وسقط العجوز على الفور والدماء تتفجر من صدره.. وبذهول لاهث أخذ يوسف يحدق في الجثة أمامه.

لقد قتله!

وفي صمت حدقت الأشباح الستة في الجثة، ثم نطق «آلان ديرمو» ليخرج صوته هادئ النبرات:

ـ عظيم!

التفت إليه يوسف ذاهلًا، فواصل «ديرمو»:

ـ لقد سار الأمر كما خططنا له.. شكرًا!

ـ!!!!!!!

وابتسم «ديرمو» ليقول مفسرًا:

ـ ألم تفهم بعد؟ لقد فعلت كل ما كنا نريده.. أنت السابع لا هو.. لقد أوهمناه أنه السابع لنتخلص منه بعد أن اكتشف السجلات الحقيقية! والآن لا يبقى أمامك سوى الانتحار بعد أن دمرت حياتك.. عليك أن تعلن نفسك عضوًا ميتًا كما هي قوانين الجمعية!

همس يوسف ذاهلًا وهو يشعر بأن الأرض تميد به:

ـ مستحيل!

ـ الآن ينتهي دورنا.. أنت آخر نسل السابع، وأيًا كان ما ستقرره فالنهاية حتمية.. سننتظرك هناك.. في الجانب الآخر!

وسابحة في الهواء هذه المرَّة، غادرت الأشباح الستة المكان، تاركة يوسف والجثة التي تنزف منها الدماء بلا توقف.

وهمس يوسف مرَّة أخرى:

ـ مستحيل!

إنه الآن قاتل! قاتل وهارب من الشرطة!

حياته دمرت نهائيًا، وكل هذا لأنه حفيد السابع! والآن أصبح بقاؤه هنا كخروجه لا يحملان له سوى الهلاك!

إلا إذا...
ونظر إلى المسدس في يده بشرود، مدركًا أنه لا خيار آخر أمامه.
لا خيار على الإطلاق!

* * *

انتهت الأوراق في يد العقيد، فغمغم في ذهول مستغربًا:
ـ ما هذا العبث؟ لست أفهم شيئًا!
ودخل أحد الجنود الغرفة، ليقول برسمية:
ـ سيدي، لقد عثرنا على جثتين في أحد القبور المفتوحة:
إحداهما لعجوز تلقى رصاصة في صدره، والثانية لشاب يبدو
أنه انتحر مطلقًا النار على رأسه، ويبدو أنه مَن قتل العجوز.
أدار له العقيد عينين شاردتين مصدومتين، ثم قال:
ـ انتشلوا الجثتين! لقد انتهت القضية قبل أن تبدأ! القاتل
انتحر!
ـ ماذا عن الأوراق يا سيدي؟
ـ يبدو أن القاتل أصيب بالجنون ليكتب هذا كله! إننا لم نجد
قبوًا أسفل الأرض ولا شيئًا.. مجرد قبر مفتوح فيه جثتان..
إنه هارب من المستشفى على كل حال ولا يوجد تفسير
آخر سوى جنونه.
هبَّ من مكانه، ليردف بلهجة باترة:
ـ لقد أغلق ملف القضية.

* * *

٢٢٥

الآن نذهب إلى فرنسا، إلى تلك الغرفة في الفندق التي استيقظ فيها «جان مارسو» على كابوس عجيب (*).

كابوس عن سبعة قبور في مصر، يجب أن ينقل التوابيت منها إلى فرنسا.

كابوس يطارده بضراوة، كأنها مهمة عليه القيام بها!

إنه لم يذهب إلى مصر من قبل، لكن يبدو أنه سيذهب قريبًا..

وبعد أن يتم مهمته سيكون عليه أن ينتحر!

شعور غامض يكتنفه وهو يقول هذا.. نعم.. سيتم مهمته هذه ثم سينتحر!

سيكون مضطرًا!

***

ملاحظة أخيرة

قصة السبعة مقتبسة من واقعة حقيقية، تم ذكرها في كتاب «أرواح وأشباح» للكاتب الكبير أنيس منصور.

____

(*) هل تذكرون «إليزابيث»؟